Jana Frey · Lass mich glücklich sein!

Bisher von Jana Frey im Loewe Verlag erschienen:

Das eiskalte Paradies
Der verlorene Blick
Luft zum Frühstück
Höhenflug abwärts
Ich, die andere
Verrückt vor Angst
Rückwärts ist kein Weg
Ich spür mich nicht
Lass mich glücklich sein!

Jana Frey

Lass mich glücklich sein!

Im Bann von Crystal Meth

Loewe

Unterrichtsmaterial zu diesem Buch
finden Sie auf unserem Pädagogen-Portal
unter www.loewe-schule.de.

FSC
www.fsc.org
MIX
Papier aus verantwortungsvollen Quellen
FSC® C014496

ISBN 978-3-7855-8093-6
1. Auflage 2016

Redaktion: Alexandra Rak
Umschlaggestaltung: Elke Kohlmann unter Verwendung eines
Fotos von Shutterstock @ Kichigin
Printed in Germany

www.loewe-verlag.de

Das Gefühl von jemandem. Jemandem, der im Raum ist. – Das fühlt ... sich furchtbar an. Das ist, als ob er eine Tür aufgemacht hätte und ich krieg die nicht mehr zu.
(Lela von Puldorf)

1

Lisa

Groß. Definitiv groß. Zu groß. Und überhaupt ...

„Du bist keine Mutation, Lisa", sagt meine Mutter ärgerlich, wenn ich mal wieder vor dem Spiegel stehe und gänzlich unzufrieden mit mir selbst bin.

„Das sagst *du*", antworte ich darauf immer gereizt. „1,78 m? Schuhgröße 42? So gut wie keine Oberweite? – Was denn sonst, wenn keine Mutation?"

Meine Mutter ist zart. Apart. Smart. Anders kann man sie nicht beschreiben.

Was also ist mit *mir* los? Wo sind meine Mutterseitengene abgeblieben?

„Du kommst eben mehr nach deinem Vater", sagt Lela manchmal. Lela ist meine beste Freundin, schon immer. Also seit vielen, vielen Jahren jedenfalls. Ich kann mich an ein Leben ohne sie nicht erinnern.

„Na bravo", sage ich, wenn Lela das mit meinem Vater sagt. Hallo, mein *Vater*? Immerhin ist er ein Mann, was Körperlänge, Schuhgröße und Busenlosigkeit plausibel macht. Außerdem ist er ein abwesender Mann, der Enge nicht erträgt, wie er es mir mal erklärt hat.

Meine Mutter sagt, das mit der Enge sei Blödsinn, mein Vater sei lediglich mit seinem „inneren Kind“ nicht in Berührung und litte an der Unfähigkeit, seine Emotionen zu verbalisieren.

Aha.

Aber meine Mutter muss es ja wissen, sie ist immerhin Paartherapeutin und hat ihre Praxis direkt bei uns im Haus. Unten. Im Erdgeschoss, das sonst zu nichts gut ist. Wenn ich nach Hause komme, muss ich mich immer sehr leise und sehr rasch nach oben schleichen, wo wir wohnen, weil ich nie genau weiß, ob sich gerade Patienten im Erdgeschoss herumtreiben oder nicht.

„Ich bin total gerne bei euch“, sagt Lela oft, wenn wir auf meiner kleinen, schäbigen, von irgendeinem Vorbesitzer dieses Hauses angebauten Dachterrasse herumfläzen. Von dort aus lauschen wir, ob wir wollen oder nicht, den Negativenergieentladungsschreien, die hin und wieder aus Cosimas Praxisraum zu uns heraufschallen. Je nachdem, in welchem Level die Hilfe suchenden Paare, die meine Mutter so aufsuchen, eben gerade stecken.

„Ja, befreit euch! – Ja, lasst es raus, lasst es raus! – Wow, so ist es gut! Jaaaaa!“, ruft meine Mutter in solchen Momenten gerne ermutigend. Die zugezogene Gardine des offenen Praxisfensters bauscht sich leicht im Wind, und Herr Buxtehude, unser versteinerter Nachbar, der in Wirklichkeit Schmidt heißt, schließt dann immer ärgerlich seine drei Fenster zur Gartenseite. Schön eins nach dem anderen. Mit einem nachdrücklichen Krachen. Er hasst Cosimas Negativenergieentladungsschreiprogramm.

Aber: „Aaaaaaahhhhhhhhhh! Aaaahhh! Aaaahhhhh!“, schreien die Paare, die im normalen Leben Ärzte, Rechtsanwälte und keine Ahnung was noch sind, gehorsam.

„Dass man so Beziehungen kittet“, murmelt Lela beeindruckt in dieses wilde Schreiinferno hinein. „Warum hat das eigentlich bei deinem Vater nicht funktioniert?“

Ich seufze, weil mir das auch sehr leidtut, und erkläre Lela zum wiederholten Mal, dass Therapeuten in ihren eigenen Familien oft nicht viel ausrichten können.

Meine Mutter hat zwar mehrere Bücher übers Eheretten geschrieben und führt auch einen sehr erfolgreichen Onlineblog zu dieser Thematik, aber in Bezug auf meinen Vater ist sie eben doch nur die verlassene, gereizte Ex-Ehefrau – und keineswegs die coole *Dr. Cosima Amarell, Psychotherapeutin*, wie es auf dem mattgrauen Schild neben unserer Haustür zu lesen ist.

* * *

Meine Mutter nennt mich Lisa, wie es die meisten tun. Lisa Amarell, wie es auf meiner Geburtsurkunde steht. Mein Vater hingegen nannte mich früher meistens Lissy – schon alleine um sich von meiner Mutter abzugrenzen, nehme ich mal an.

Lela nennt mich, warum auch immer, gerne Lisbeth. Hahaha, also echt.

„Das klingt total bescheuert", sage ich manchmal und versuche, ihr das zu verbieten, aber Lela lässt sich so leicht nichts verbieten. „Die liebe Lela schleppt eine Menge aufgestaute Wut und Aggression mit sich herum", meint meine Mutter. „Kein Wunder, bei dieser ungewöhnlichen und komplizierten Lebenskonstellation."

Oh Mann! Manchmal wünschte ich, meine Mutter wäre einfach Friseurin oder würde in einem Supermarkt Regale einräumen.

„Warum bescheuert?", sagt Lela achselzuckend, wenn ich versuche, ihr Lisbeth zu verbieten. „Hör doch mal: Lisbeth – Lisbeth – Lisbeth. Es kommt auf die Betonung an. *Du* sagst Lisbeth. *Ich* dagegen sage Lisbeth. Hörst du den Unterschied? Mein *Lisbeth* gegen dein *Lisbeth*?"

„Quatsch, das klingt beides völlig gleich beknackt", antworte ich.

„Weil du ein Gehör wie ein Schuhschrank hast, echt!"

Lela grinst mich an.

Sie ist fast genau drei Monate älter als ich. Sie und ihre Brüder Erik und Henri.

„Erwähn das bitte nicht in der Öffentlichkeit", hat Lela mich früher mal gebeten. Erik und Henri sind das, was meine Mutter meint, wenn sie von Lelas komplizierter Lebenssituation spricht.

„So was Bekloppptes", stöhnt Lela, wenn das Thema doch mal darauf kommt. „Zwillinge? Okay, meinetwegen. Aber he, Drillinge? Das ist doch nur idiotisch. Idiotisch und peinlich und megabeknackt!"

Als kleines Kind war ich völlig geflasht davon. Drillinge? Hey, ich hatte vor Lela und ihren beiden irgendwie merkwürdigen Brüdern gar nicht gewusst, dass es so was überhaupt gibt.

„Besser wäre das. Also, wenn es so was gar nicht gäbe", ist Lelas trockener Kommentar dazu. „Als wenn meine Mutter ein verdammtes Meerschweinchen wäre, das einen Haufen Babys auf einmal *geworfen hat*!"

* * *

Als wir zwölf waren, haben meine Mutter und ich zum ersten Mal in voller Breitseite mitbekommen, wie sehr Lela von Erik und Henri angekotzt ist. Drei komplette Tage war sie damals bereits hintereinander bei uns gewesen, weil sie irgendwie einfach keine Lust mehr hatte heimzugehen.

„Darf ich bei Lisa schlafen? – Darf ich noch mal bei Lisa schlafen? – Darf ich, äh, noch mal bei Lisa schlafen?", hatte sie ihre Mutter dreimal in Folge am Telefon gefragt. Und gedurft und gedurft und gedurft, was kein Wunder war, wie Lela mir hinterher erklärte, da ihre Mutter eben permanent und immerzu müde und erschöpft sei. Aber dann kam am Abend des dritten Tages unverhofft ihr Vater auf dem Heimweg von seiner Arbeit bei uns vorbei, um Lela endlich mal wieder einzusammeln und mitzunehmen. Und da flippte Lela einfach aus.

„Ich will nicht!", schrie sie. „Will nicht, will nicht, will nicht!"

„Nun mach keinen Aufstand", sagte ihr Vater, der als Investmentbanker arbeitet.

„Nein! Kein Bock!“, brüllte Lela. „Ich bleibe hier!“

„Schrei nicht so rum!“, schnauzte ihr müder, beschlipster Erzeuger genervt zurück.

„Ich bleibe hier, verdammt!“, schrie Lela weiter und fing plötzlich an zu weinen, dass sie nicht mehr richtig weiterschreien konnte.

„Oh, zur Hölle“, knurrte ihr Vater und warf meiner Mutter nervöse Blicke zu. Er, Lelas Mutter und meine Eltern waren früher mal fast befreundet gewesen, aber das war schon lange vorbei, wie mir in diesem Moment zum ersten Mal auffiel. „Was hat sie bloß? So ist sie doch sonst nicht. Mensch, Lela! He!“

Langer Rede kurzer Sinn, meine Mutter brachte Lelas Vater an diesem Abend behutsam dazu, noch mal ohne seine Drillingstochter nach Hause zu fahren, und Lela blieb verheult bei uns.

„Danke“, sagte sie, als sie wieder reden konnte, zu meiner Mutter, und putzte sich die Nase.

„Schon okay, Lela“, antwortete meine Mutter. Dann aßen wir zu dritt irgendetwas Vegetarisches, Gesundes, wie wir es meistens am Abend tun. Also wie meine Mutter mich zwingt, es zu tun. Ich glaube, an diesem Abend waren es vegetarische Dim Sums mit gebratenen, grünen Bohnen und Knoblauchsoße.

„Warum bist du eigentlich so ausgeflippt?“, fragte Cosima etwas später, als Lela sich wieder beruhigt hatte, und reichte auch noch Fenchel mit Olivenöl herum. „Ich meine, warum genau möchtest du nicht nach Hause gehen?“

„Wegen der beiden – Schwämme, natürlich“, war Lelas knappe Antwort. „Henri und Erik saugen alles auf, was nicht niet- und nagelfest ist.“

* * *

Mein Vater heißt Jakub Amarell. Er stammt aus Tschechien. *Tschechei* sagt er allerdings meistens flapsig. Seine verrückte Mutter, also meine Vaterseitenoma, sagt weder Tschechien, was politisch korrekt wäre, noch Tschechei, was laut meines Geschichtslehrers so garstig ist, wie wenn man Neger zu Schwarzen sagt. Sie sagt, sie komme aus *Böhmen*, was wiederum völlig neben der Spur, weil veraltet, ist. Dazu zieht sie vornehm ihre ausgeleierte Augenbraue hoch und sieht irgendwie mitleiderregend aus. Sie hat jede Menge Amyloid-Plaques im Gehirn, was im Volksmund schlicht Alzheimer heißt, und sagt dauernd merkwürdige, mitleiderregende Sachen wie: „Seht mal die hübschen Puschen dort an den Bäumen!", oder: „Ich hatte heute jede Menge Knirkse in meinem Ripplala! Es ist eine Zumutung, was man hier serviert bekommt! Gestern waren Bringse in meinem Tutut!" Sie lebt in einem Pflegeheim in Berlin und ich sehe sie praktisch nicht mehr. Sie muss wieder Windeln tragen, seit sie vergessen hat, was Toiletten sind.

Mein Vater ist in Prag geboren und zwei Jahre älter als meine Mutter, die fünfundvierzig ist. Er ist gelernter Gitarrenbauer, arbeitet aber auch als freier Journalist und ist wirklich ständig unterwegs.

„Ruhelos", sagt meine Mutter missbilligend.

Außerdem hat er praktisch überall auf der Welt abgelegte Freundinnen.

„Affären", korrigiert meine Mutter und zieht ihre zum Glück noch nicht allzu ausgeleierte Augenbraue ebenfalls nach oben. Sie selbst hat, seit mein Vater endgültig bei uns ausgezogen ist, noch nie eine Affäre oder einen Freund gehabt, jedenfalls habe ich, sollte da doch mal was gewesen sein, nichts davon mitbekommen.

* * *

Lelas Eltern sind noch zusammen und manchmal beneide ich sie darum.

„Zusammen? Na ja", sagt Lela und streichelt Portobello, meinen Hund. „Sie leben halt im selben Haus. Wenn du das *zusammen* nennst."

Sie zupft Portobello, für den sie sich verantwortlich fühlt – und dazu hat sie echt jeden Grund! –, ein paar Kletten aus dem gelblichen Strubbelfell. „Aber Sex haben die beiden garantiert nicht mehr. Uhhhh, gruseliger Gedanke aber auch!“

Lela verzieht das Gesicht. Ihr Bankervater ist baumlang und sehr, sehr hager. Ihre Mutter dagegen ist klein, jetzt schon deutlich kleiner als Lela, die nach ihrem Vater kommt, und nach der viele Jahre zurückliegenden Drillingsschwangerschaft war sie rund und weich geblieben. Sie hat ein hübsches, herzförmiges, immer besorgtes, müdes Gesicht, umrahmt von weichen, rötlichen Haaren, und ich mag sie. Sie opfert sich für Erik und Henri echt auf.

„Ja, du magst sie. Du musst ja auch nicht mit ihr leben!“, schnaubt Lela gereizt.

Der Raum hängt voll Unausgesprochenem.

* * *

Mein Vater hat mir mal wieder – wie nett von ihm! – eine Postkarte von einer seiner Reisen geschickt. Aus *Llanfairpwllgwyngyllgogerychwyrndrobwllllantysiliogogogoch.*

Hahaha, also echt.

„Äh?“, macht Lela, runzelt die Stirn und dreht die Karte an der Ecke unten rechts um.

„Irgendwo in Wales“, sage ich und seufze. „Lies ruhig. Er hat's erklärt. Irgend so ein durchgeknallter Schuster hat sich den irren Namen wohl vor zweihundert Jahren oder so ausgedacht, um das Kaff für die Welt interessanter zu machen ...“

Lela grinst und liest. Sie mag meinen Vater. Schon immer. Lieber als ihren eigenen, wie sie sagt.

Hi, Lissy! Ist das nicht ein lustiges Ortsschild? Ein hier ansässiger Schuhmacher hat sich den Spaß im 19. Jhd. mal ausgedacht, um die Eisenbahngesellschaft dazu zu bewegen, an der Hauptstrecke London-Manchester-Holyhead einen Bahnhof einzurichten. Hier die Übersetzung: Marienkirche (Llan-

fair) – in einer Mulde (pwll) – weißer Haseln (gwyn gyll) – in der Nähe (ger) – eines schnellen Wirbels (chwyrn drobwll) – und der Thysiliokirche (llantysilio) – bei der roten Höhle (ogo goch).

Irre, oder? Marilyn, mit der ich mich hier rumtreibe und die mir alles zeigt, weil sie von hier stammt, hat allerdings gesagt, die Engländer nennen den Ort einfach nur „Gogogoch"!

Windiger Gruß aus Wales, Jakub

Ganz unten in der letzten Zeile steht in einer fremden, spitzen, schrägen Schrift *Warmly, Marilyn* mit einem Smiley daneben. Oh mein Gott.

Ich nenne die Freundinnen meines Vaters, sofern er die Güte hat, sie mir hin und wieder vorzustellen, üblicherweise einfach nur *Hey*.

„Hey, ich bin Lisa."

„Hey, kann ich bitte mal das Nutella haben?"

„Hey, hast du vielleicht zufällig mein Handy irgendwo gesehen?"

„Hey, ich muss dann mal wieder ... Ciao."

Hannah? Laura? Elvira? Sandra? Noura? Ramona? Delphine? Steffi? Mali? Carnella? Alisha? Bonny? Janina? Helena? Ilonka? Ayoka? Ute? Olga? Biggy? Amy-Lee? Und jetzt noch Marilyn? Sorry, nein! – Und das sind ja längst nicht alle, leider.

„Er muss eine Libido wie *Superman* haben", hat Lela mal gesagt. Nein, nicht Lela. Der Satz stammt von Hakan.

Aber, halt, Hakan ist eine andere Sache.

Hakan und ich.

Hakan und Lela.

Hakan, Lela und ich.

Davon will ich eigentlich nichts erzählen.

Denn wenn ich von Hakan erzähle, kommt alles hoch. Wirklich alles. Und ich glaube nicht, dass ich das will.

Jedenfalls gehört Hakan auch dazu. Zu mir und meinem komischen, großen, busenlosen und merkwürdig bleiernen Leben.

Ich, Lela, unsere nervigen Familien, Portobello, Lelas Golden Retriever Cleo – und eben Hakan.

* * *

Und dann – das andere.

Das Land Außerhalb.

Er.

Verdammt – er.

Wir versuchen nicht mehr, ihn zurückzuholen. Aber er, er kommt, wenn ihm danach ist. In Gedankensplittern. In Scheißträumen. (Lela von Puldorf)

2

Lela

Queen Elisabeth die Zweite winkte. Und lächelte. Winkte und lächelte und betrachtete dabei mit kühlem, überheblichem Blick den leicht verwilderten, aber romantischen Garten der Familie von Puldorf.

Lela verabscheute ihren Nachnamen.

„Was ist so schlimm daran?“, hatte Hakan mal leicht irritiert gefragt. „Mann, ich heiße Öztürk, *das* ist mal ein beknackter Name, wenn du mich fragst. Echt. Heutzutage. Mitten in Deutschland. Wo aus allen Nischen und Ecken wieder Nazis aus ihren braun verseuchten Wohnzimmern herauskriechen. Und dann direkt gegen *Hakan Öztürk*, den völlig Harmlosen, den Hundertproantisalafisten, prallen! Kacke – türkischer geht es ja wohl kaum! Dauernd muss ich sagen: ‚Hey Leute, chillt mal euer Leben, ich habe nichts mit irren, islamischen Terroristen zu tun! Von mir aus könnt ihr den alten, vorsintflutlichen Mohammed überall und jederzeit nackig oder sonst wie auf Plakate und Zeitungen pinseln. Ich bin Atheist! Und lammfromm!‘ Dagegen ist Puldorf doch voll der harmlose Name. Dazu noch mit einem vornehmen *von* vornedran. Jammere also bitte nicht rum, Lela von Puldorf!“

Aber Lela wusste es besser. Und Lisa auch.

„Haha, da kommt ja die Frau Puldorf! Das muss ja ein scharfes Dorf sein, aus dem du da kommst! Pult ihr da den ganzen Tag an euch rum? Wie geil ist das denn? Rudelbumsen bei Lela und ihren schrägen Brüdern! Inzestpulen, ja? Bepulen sie dich von beiden Seiten? Der Blinde und der Verrückte."

* * *

Hakan nannte Lela Lela. Aber Lisa nannte er Amarell. Von jeher. Als wäre Amarell ihr Vorname.

Lisa – Lissy – Lisbeth – Amarell. Lela musste grinsen beim Gedanken, wie Lisa sich immer noch und immer wieder gegen Lisbeth sträubte.

Die Queen winkte weiter. Weil die Sonne zum Fenster hereinschien. Bei schlechtem Wetter ließ Elisabeth das Winken mal eine Weile sein und schaute mit erschlafftem Arm reglos ins Freie hinaus. Dann wirkte sie nicht überheblich, sondern eher nachdenklich, was sympathischer rüberkam.

„Solarqueen", hatte Erik erklärt und die englische Königin direkt nach seiner Klassenreisenrückkehr aus London aufs Küchenbord gestellt.

Erik war blind. Henri, sein zwei Minuten jüngerer Bruder, war nur sehbehindert. Dafür hatte er ein kompliziertes Loch in einer Herzklappe und war die ersten beiden Jahre seines Lebens praktisch nicht aus dem Krankenhaus herausgekommen.

Der Familiensaga nach soll er eines Tages, mit knapp zwei Jahren, als ersten vollständigen Satz überraschend: „Ich will nicht mehr im Krankenhaus sein – ich will jetzt in ein Gesundenhaus gehen!", gesagt haben, klein, dünn, piepsig und schwer krank, wie er war.

„Und bis heute *ist* – wenn auch inzwischen mehr auf zwischenmenschlicher Ebene", hatte Lela leise hinzugefügt, als ihre Mutter Lisa diese Geschichte einmal erzählt und dabei feuchte Augen bekommen hatte. Lisa hatte verstohlen zu Henri und Erik geschaut. Man sah auf den ersten Blick nicht, dass die beiden eineiige Zwillinge waren. Zwar hatten sie ähnlich dunkle Locken, aber Henri war viel käsiger, kleiner und schmächtiger als Erik. Außerdem lagen seine unruhigen, dauergereizten, grünlichen Augen in tiefen Höhlen, während Erik deutlich hübscher, größer und muskulöser war. Dafür war sein Blick leer und er sah dauernd (extra? – jedenfalls glaubte Lela das) in die falsche Richtung, weil er außer Licht und Dunkelheit nichts sehen konnte.

* * *

Lela schnappte sich ein Glas Wasser und ging auf ihr Zimmer. Am Schreibtisch starrte sie in ihr Ethikheft. Was für eine absolut idiotische Hausaufgabe: *Ich bin ich! Positionierung der eigenen Persönlichkeit.*

Von unten erklang die Stimme ihrer Mutter. „Lela? Ich hole Erik vom Sport und Henri bei den *Schlauen Füchsen* ab! – Hast du gehört? Füttere bitte Cleo, sie winselt schon, und rech mal im Garten das Laub. Die Wiese sieht furchtbar aus! Und denk an die Spülmaschine, du bist dran! Seit gestern schon!"

Lela runzelte die Stirn. Als sie zur Welt gekommen war, war sie ein dickes, gesundes Baby gewesen, und manchmal hatte sie das Gefühl, dass ihr genau das alle übel nahmen.

Verdammt, was konnte sie denn dafür? Die ganze Schwangerschaft war sowieso bescheuert. Zuerst waren nur sie und ein weiterer Embryo dagewesen, zweieiige Zwillinge also. Davon gab es immerhin ein Ultraschallbeweisbild. Ein Junge und ein Mädchen wären sie geworden, was man damals natürlich noch nicht hatte sehen können. Aber trotzdem. *Zwei* Babys. Zwei. Eine lockere Sache. Lela versuchte sich das vorzustellen. Sie selbst und dazu – eine Mischung aus Erik und Henri. Einfach nur ein netter, unkomplizierter, dunkellockiger Junge, mit dem sie hätte – Spaß haben können. Aber so war es nicht gekommen. Stattdessen hatte sich der Erik-Henri-Embryo, warum auch immer, ein weiteres Mal geteilt und so zwei identische Jungs geschaffen. Die Teilung war nur nicht so richtig gut geglückt: Henris Herz hatte dabei, wie es schien, einen

Knacks wegbekommen, und außerdem hatten die beiden Jungen im Bauch irgendwie Hunger gelitten. Während sie selbst wuchs und gedieh und in Ordnung war, kränkelten Henri und Erik schon damals vor sich hin.

„Und dann haben sie uns einfach so per Kaiserschnitt geholt, damit H & E nicht völlig vor die Hunde gingen", hatte Lela Lisa einmal erzählt und widerwillig auf ein Foto der drei Babys gedeutet, das ganz hinten auf der alten Biedermeierkommode im Wohnzimmer stand.

„Ich schiebe es immer dahin", sagte Lela. „So eine grässliche Aufnahme. Wer will die sehen, frage ich mich."

Auf dem Bild lagen drei Babys nebeneinander auf einem Untersuchungstisch.

„Die dicke Wurst da bin natürlich ich", seufzte Lela. „Ich war nur ein paar lumpige Tage im Brutkasten. H & E, die Verkabelten, lagen über zwei Monate drin. Mit Magensonde, Herzlungenmaschine, und allem, was dazugehört."

Sie sahen wirklich schlimm aus. Winzig, zerknittert, rot – und mehr tot als lebendig.

„Wie Portobello damals, weißt du noch?", sagte Lisa zu Lela und stellte das Bild zurück an seinen Schattendaseinsplatz.

Sie grinsten sich an, als sie an Portobellos unrühmlichen Start ins Leben dachten.

* * *

Portobellos Entstehen und Auftauchen war grotesk, in irgendeiner Form geradezu *cineastisch*, und wie ein Schlag vor den Kopf gewesen.

„Wer hätte denn ahnen können, dass das so schnell geht", sagte Lela beschämt.

Portobello war der unverhoffte, unerwartete Sohn von Cleo, Lelas Golden-Retriever-Hündin, die mal einen Haufen Geld gekostet hatte, weil sie eigentlich als Eriks Begleithund gedacht gewesen war. Sein Blindenhund. Zwei Jahre lang hatte Lelas Familie sehnsüchtig auf Cleo gewartet, die Erik das Leben leichter machen sollte, weil er mit seinem Langstock nicht besonders gut zurechtkam. Zuerst hatte die Krankenkasse die teure Anschaffung bewilligen müssen, und dann war da noch die lange Warteliste gewesen, auf der Erik von Puldorf Stück für Stück nach vorne gerückt war.

Aber dann war Cleo gekommen, lieb, sanft, herzensgut, zweijährig und mit einem hervorragenden Diplom als unfehlbare Blindenbegleithündin. Aber es kam, wie es kommen musste. Henri verdarb mit seinen berüchtigten Wutanfällen und Aggressionsausbrüchen alles. Cleo reagierte verängstigt und wurde unzuverlässig, und zum Schluss hatte Erik, der sowieso schnell an vielem die Lust verlor, keine Lust mehr auf seinen Hund. Das war ungefähr der Zeitpunkt, als sich herausstellte, dass Henri, (wer hätte das gedacht?) zwar herzkrank, jähzornig, sehbehindert, aber dazu hochintelligent war. „Er soll tatsächlich einen IQ von über 160 haben – fast wie Einstein!", berichtete Lela Lisa am Telefon verblüfft. Von Puldorfs im stolzen Ausnahmezustand überließen Lela den Hund.

„Das war aber mal nett von deinen Eltern", sagte Lisa.

„Ach was, sie brauchten einfach jemanden, der sie füttert und regelmäßig mit ihr Gassi geht."

„Sie hätten sie auch abschaffen können."

Lela zuckte mit den Schultern, schwieg und kraulte Cleos honigfarbene Ohren.

Und dann war vor anderthalb Jahren die Sache mit dem Chihuahua passiert. Der Chihuahua war der grässlichste Köter, den Lisa und Lela je gesehen hatten. Er war ein ewig kläffender Chihuahua mit riesigen, pfützenfarbenen Quellaugen. Er gehörte der ebenso grässlichen Frau Buxtehude, der Frau von Lisas Linkes-Haus-Nachbarn Herrn Buxtehude, der in Wirklichkeit Schmidt hieß. Cäsar war schlicht ein meerschweinchengroßes, meganervöses und recht bissiges Exemplar von Miniaturhund, dem, wenn er sich fürchtete, büschelweise das Fell ausging. Darum war er eher unbehaart und fast überall an seinem winzigen Körper sah man runzelige, rosagräuliche Hundehaut durchscheinen.

„Wie eine mutierte Rosine auf Stummelbeinen. Wie kann man sich nur so einen Hund zulegen?“, murmelte Lela träge, die an dem verhängnisvollen Tag bei Lisa im Garten war. Cäsar japste unterdessen hechelnd am Gartenzaun herum und war nahe daran, sich an seiner Hundeleine zu strangulieren.

„Warum dreht er heute nur so am Rad und winselt wie blöde?“, fragte Lisa. „Sonst knurrt er doch eher, wenn er uns sieht, und fletscht seine idiotischen Minizähne.“

Lela deutete mit dem Daumen auf Cleo, die schlafend im Schatten unter dem alten, knorrigen Birnbaum lag.

„Heiß“, sagte sie erklärend. „Also eigentlich nur noch ein bisschen, aber für das kleine Ekelpaket im Nachbargarten scheint's auszureichen.“

Sie lachte leise. „Wer hätte gedacht, dass in so einem überzüchteten Wahnsinnssubjekt dann doch ganz normale, testosterongesteuerte Instinkte schlummern.“

Cäsars Fiepsen steigerte sich. Er zitterte inzwischen von Kopf bis Fuß, stand wackelig auf den winzigen Hinterbeinen und zerrte abwechselnd an seiner neongrünen Kunststoffleine und seinen zerzausten Fellresten.

„Der kann einem fast leidtun“, sagte Lisa. „Er kann ja nichts für sein beknacktes Aussehen und seine beknackte Rasse.“

Sie stand auf. „Klo. Bin gleich zurück. Auf dem Rückweg bring ich was zu trinken mit.“

Lela nickte und blätterte lustlos in ihrem Mathebuch herum. Sie waren dabei, mehr oder weniger intensiv für die morgige Mathearbeit zu lernen.

„Oh mein Gott“, murmelte sie, als sie zwischendurch kurz den Kopf hob und ihr Blick auf den Ausnahmezustand-Chihuahua am Gartenzaun fiel.

„Da, Bionade. Willst du Litschi oder Holunder?“, fragte Lisa, die in diesem Moment zurückkam.

„Guck doch mal, Lisbeth“, antwortete Lela, ohne auf Lisas Frage zu achten.

Lisa stellte die beiden Glasflaschen ins Gras.

„Hast du so was, äh, Gruseliges schon mal gesehen?“ Lela schüttelte sich.

„Was meinst du?“

„Na, sein – igittigitt!“

„Sein was?“

„Sein Ding. Beziehungsweise in seinem Fall sein Dinglein! Er hat's voll ausgefahren. Guck doch mal! Feuerrot! Schrumpelig! Oh. Mein. Gott!“

Lisa musste lachen. „Na und? Natur halt, oder? So was nennt man Geschlechtsteil und Fortpflanzungstrieb.“

Lela rollte auf den Bauch, schob das lästige Mathebuch zur Seite, und stützte das Kinn in die Hände.

„Armer Irrer. – He, Hund!“, rief sie dann. „Vergiss es einfach! Du würdest ja im besten Falle nicht mal an Cleo rankommen.“

Einen Moment war es still im Garten bis auf Cäsars Jammern, Cleos leises Schnarchen und dem obligatorischen Sommervögelgezwitscher in den Bäumen über ihren Köpfen.

„... obwohl“, sagte Lela plötzlich grinsend und stand auf. Und ehe Lisa etwas sagen konnte, war sie am Zaun und befreite den winzigen Hund von seiner Plastikleine. Cäsar stürzte los wie bekloppt. Cleo wachte auf und hob verwundert den Kopf, als er praktisch wie ein Geschoss gegen sie prallte.

„Spinnst du?“, zischte Lisa. „Die Buxtehude kriegt einen epileptischen Anfall, wenn ihr komischer Köter uns abhaut. Der muss sauteuer gewesen sei.“

Lela prustete los. Der Chihuahua war wie von Sinnen. Er sprang gegen Cleos Seite, kroch schnaufend über sie, versuchte es von der anderen Seite, und überschlug sich, als Cleo aufstand.

Lisa verzog das Gesicht. „Los, fangen wir ihn ein und bringen ihn rüber, ehe ihn irgendein Testosteronschlag trifft."

Cleo schnaubte irritiert und legte sich wieder hin. Lelas Golden Retriever war eben immer die Ruhe in Person, bis auf dieses eine besagte Mal, als Henri sie mit seinem Irrengeschrei in Panik versetzt hatte und sie Hals über Kopf aus dem Haus geflohen war, nur um draußen auf der Straße fast vor ein Auto zu rennen. Aber das war lange her und seitdem war Cleo immer ruhig und besonnen gewesen. Genau wie jetzt. Sie hatte die Situation fest im Griff, kehrte dem aufgebrachten Chihuahua den Rücken und hatte sich wieder gemütlich eingerollt.

„Tja, Pech gehabt, du Minimutant. Ich glaube, Cleo sieht in dir nicht mal einen Artgenossen. Und das kann man ihr auch nicht verdenken. Was macht er denn jetzt?" Lela runzelte die Stirn. „He, du kleiner Mistköter! Was soll das denn werden? Kusch dich und lass Cleo in Ruhe! – Cleo! Also wirklich!"

Ein paar Wochen später war es passiert.

„Ich glaube ja, sie hat was", sagte Lela besorgt, weil Cleo den ganzen Tag so neben der Spur war.

„Echt, wieso?", erkundigte sich Hakan, der an diesem Tag ebenfalls da war. Er, Lisa und Lela lagen in Lelas Zimmer herum und taten nichts, außer Musik hören und hin und wieder mit Hakans Playstation spielen.

„Sie ist irgendwie komisch seit gestern. Schlapp. Apathisch. Sie rührt nicht mal ihr Futter an."

Lela kraulte Cleos Ohren. „Was ist mit dir? Sag doch." Cleo winselte leise, drehte sich im Kreis und kratzte auf dem Boden herum.

„Steppengras niedertreten, ganz normal. Das machen alle Hunde, oder? Ist ein Instinkt." Hakan schaute wieder auf den Fernseher zurück. „Mich würde ja mal was ganz anderes interessieren." Er riss seinen Blick erneut vom Bildschirm los und schaute erst Lisa an und dann Lela. „*Land außerhalb*? Was soll das immer? Plant ihr einen epischen Roman oder was?"

Lisa seufzte. „Oh, Mann, Hakan! Das ist nichts. Du hast da was missverstanden. Das war nur ein Witz, okay?"

Warum fing er nur immer wieder damit an? Dummerweise hatte er ein paar Sachen aufgeschnappt, die nicht für seine Ohren bestimmt gewesen waren. Und seitdem ließ er nicht mehr locker.

„Scheiße! Cleo? Spinnst du?", rief Lela in diesem Moment. Und dann sahen sie es alle drei. Der Golden Retriever kackte winselnd, anders konnte man es nicht nennen, auf Lelas Flokatiteppich.

„Igitt!" Lela war aufgesprungen und wollte die Bescherung schnell beseitigen.

„Halt!", rief Hakan allerdings plötzlich, aber da sahen sie es bereits selbst.

Das, was da lag, war kein Kackhaufen, das, was da lag, war ein Hundebaby. Winzig. Knittrig. Runzelig. Schwach. Und nur dieses eine. Mehr kam nicht nach, obwohl Cleo noch eine Weile sehr nervös und unruhig war, ehe sie sich endlich neben diesem nassen, winzigen Klümpchen, in dem nicht viel Leben zu stecken schien, niederließ und es verwirrt beschnupperte.

„Verdammt", murmelte Lela, während von draußen die Dämmerung ins Zimmer floss wie zäher Nebel, mit zittriger Stimme und streichelte ihren Hund.

Heute lebte Cleos ehemaliger Lonely-Welpe bei Lisa, und Buxtehudes nebenan, die in Wirklichkeit Schmidt hießen, ahnten nicht die Bohne etwas davon, dass der kleine, lustige, lebensfrohe und freundliche Portobello etwas mit ihrem überzüchteten, quelläugigen, bissigen Chihuahua zu tun hatte.

* * *

Ich bin ich! Positionierung der eigenen Persönlichkeit.

Lela starrte immer noch in ihr aufgeschlagenes Ethikheft. Dann gab sie sich einen Ruck und begann zu schreiben. Je schneller sie anfing, desto früher würde sie fertig sein.

Ich bin Lela von Puldorf, schrieb sie als Einleitung. Obwohl das natürlich Blabla war, denn dass sie sie war, würde Herr Ennemann, ihr Ethiklehrer, wissen, sobald er ihr Heft in die Hand nahm.

Schließlich stand es vorne drauf.

Egal.

Ich bin Tochter. Enkelin. Urenkelin. Freundin. Hundebesitzerin. Nachbarin. Schülerin.

Lela hielt inne. Reichte das? Ja? Nein? So ein Humbug.

Ich bin politisch links. Ach ja, ich bin Exgeigenspielerin. Außerdem bin ich genervt. Und gelangweilt. Ich bin – endlich – Smartphonebesitzerin. Und Lila-Nagellack-Fetischistin.

Ging Herrn Ennemann das alles eigentlich etwas an?

Ich bin Johnny-Weißmüller-Fan! Haha, wer außer ihr, kannte den heute überhaupt noch? So what? Sie liebte Johnny Weißmüller. Vor allem seine Schultern und die Linie seiner Wangenknochen.

Weiter, Lela gab sich einen Ruck.

Ich bin Seeed-Fan.

Warum hieß es eigentlich nicht politisch korrekt *Fanin*? Egal.

Außerdem (weiblicher) Fan des genialen Films „Boyhood". Und dazu des, zugegebenermaßen etwas peinlichen, Films „Juno" von 2007

Weil sie auch so einen smarten Freund wie Paulie Bleeker haben wollte!

Ich bin Atheistin im Geist. Und Protestantin laut Kirchenregister. Außerdem: Poetry-Slammerin und Vegetarierin aus Überzeugung.

Ihretwegen starb nichts und niemand, der Augen hatte und lebte und atmete!

Creolenträgerin (obwohl Lisbeth Amarell immer sagt, Creolen tragen eigentlich ausschließlich Tussis!)

Verdammt, das musste reichen. Echt. Genug war genug. Lela schlug ihr Ethikheft zu.

„Lela! Abendbrot! Runterkommen!", schnauzte Henri in ebendiesem Moment in seinem inakzeptablen Befehlston. Er konnte gar nicht mehr anders sprechen als in dieser Tonlage.

Herr Ennemann, warum wollen Sie das alles eigentlich wissen?, schrieb Lela zum Schluss genervt, als Henri bereits laut gegen ihre verriegelte Zimmertür pochte, strich es aber dann wieder aus. Warum sollte sie sich mit ihrem armen, sowieso dauernervösen Ethiklehrer anlegen? Das führte doch zu nichts. Der Kerl war, wenn es hochkam, einen Meter sechzig groß und dazu dick wie ein Mumin.

„Verpiss dich, du Arsch", zischte sie Sekunden später und drängte sich wütend an ihrem Asperger-Drilling vorbei, der ihr in seiner Penetranz praktisch den Weg versperrte. „Warum lungerst du nicht woanders rum und nervst da?"

Beim Treppenruntergehen fiel ihr ein, dass sie weder *Schwester* noch (um Gottes willen!) *Drilling* in Herrn Ennemanns beknackte Wer-und-was-bin-ich-Liste geschrieben hatte. Natürlich nicht. Alles, nur das nicht.

* * *

„Na, Lela, alles klar? Bist du mit allem fertig geworden?", fragte ihre Mutter, als Lela im Esszimmer an den Tisch trat, wo Erik bereits hockte und sich Essen in den Mund schaufelte, als sei er am Verhungern oder kriege das bezahlt.

Lela gab keine Antwort. Manchmal war es besser zu schweigen. Oder zu kotzen. Oder wegzulaufen. Am besten alles zusammen.

Ich. Ersticke. In. Diesem. Mief. Hier, dachte sie und fühlte sich plötzlich müde und ausgelaugt.

Natürlich machte Henri in diesem Jahr bei *Jugend forscht* mit.

Noch ein Grund zum Kotzen. Dieser dämliche Wichtigtuer. Keiner kannte Henri wie sie. Höchstens noch Erik. Aber Erik, ganz ehrlich, zählte nicht.

Er lässt alles leer und grau und schrecklich erscheinen. Ob im Land Außerhalb eine Sonne scheint? Für ihn? Und so?
(Lela von Puldorf)

3

Lisa

Was hast du geschrieben?, schrieb Hakan via WhatsApp.

Wo, was geschrieben?, schrieb ich verwirrt zurück.

Dieser Ethikkram, Amarell!, tippte Hakan postwendend retour und schickte ein zähneknirschendes Smiley mit.

Ach so, begleitet von einem Tränen lachenden Smiley.

Also? Schick mal Fakten, Weib!, mit einer Armee aus Fragezeichen und Ausrufezeichen dahinter.

Ich seufzte und tippte *Telefon? – Du Chauvi!*

Okay, tippte Hakan. Sekunden später summte das Handy in meiner Hand.

„Hallo, Whatsappverächterin", sagte Hakan zur Begrüßung und ließ sich von mir vorlesen, wer und was ich war.

„Tochter von Cosima und Jakub Amarell (leider seit Jahren irreversibel zerstritten). Halbtschechin. „Breaking-Bad-Guckerin" seit der ersten Stunde, auch wenn's peinlich ist. Benedict-Cumberbatch-Fan. Mathehasserin. Tobagosüchtige ..."

Hier hatte Hakan mich unterbrochen.

„Wie bitte, Tobagosüchtige? Was soll das denn bedeuten? Meinst du etwa diese pupskleine Insel irgendwo in der Karibik? Äh, da warst du doch noch nie, oder?"

„Nein, na und?"

„Nur mal so eine Frage, wie kannst du nach etwas *süchtig* sein, das du gar nicht kennst?"

Hakans Stimme klang streng.

Ich seufzte. „Ich hab's neulich in einem Film gesehen. Wahnsinnig schön. Und weit weg. Und Strände! Sonne! Meer! Alles!"

„Okay, okay", lenkte Hakan, der wie ich die Sonne liebt, ein.

„Und du?"

„Was ich?"

„Was hast du geschrieben?"

„Noch nix. Ich suche noch nach Inspiration. Darum rufe ich dich ja an. Bis jetzt hab ich nur H. Ö."

„Du kannst doch nicht nur deine Initialen abgeben. Der Ennemann wird weinen, wenn du das tust!"

„Eben, der arme Wicht", sagte Hakan. „Was hältst du von ... äh ... sagen wir – Weltenbummler? Nihilist? Oder Anarchist? Selbstaktualisierer? Mensch mit Migrationshintergrund? Und Kafkafan? Goa-Party-Feierer? Waldschläfer? Käsfußbekenner?"

Ich hörte ihn leise lachen.

Ich mag Hakans Art zu lachen. Sehr. Ich mag überhaupt eine Menge an Hakan. Und ich habe auch noch nicht mitbekommen, dass er übel riechende Füße hätte. Ich mag seine dunklen, großen Augen, die immer ein bisschen traurig aussehen. Auch wenn er lacht. Und ich mag die winzigen Lachfältchen in den dazugehörigen Augenwinkeln, die er hat, obwohl er erst sechzehn ist, und damit ein Jahr älter als Lela und ich.

„Er ist sehr selbstaktualisiert", sagt meine Mutter oft anerkennend, wenn Hakan zu Besuch ist. Daher hat er, denke ich, den *Selbstaktualisierer.*

Außerdem riecht seine Haut und sein Atem gut, und er hat schöne Hände.

„Hände verraten viel über einen Menschen", hat Lela mal gesagt und wir haben unsere Hände in einen Dreierkreis auf Lelas Bett gelegt.

Hakans sind lang und dünn. Meine ebenfalls, leider. Wenn ich ehrlich bin, sind meine Hände fast exakt so groß wie Hakans. Ich bin das großhändigste Mädchen der Klasse. Schule. Vielleicht sogar der ganzen Welt. Lelas Hände sind viel weicher und kleiner und rundlicher.

„Patschhände“, sagte Lela an diesem Nachmittag leicht niedergeschlagen und wackelte mit den Fingern.

„Weiblich“, korrigierte Hakan freundlich. Er ließ seine eigenen dünnen Finger für einen Moment über Lelas weichen, in der Tat etwas kugeligen Handrücken tanzen. „Und irre zarte Haut. – Scharf.“

Lela warf mir einen Blick zu. Wir sind beste Freundinnen, keine Frage, aber Hakan ist seit einer Weile ein – Problem.

„Wie ist das eigentlich, ist Hakan nur euer Kumpel? Oder ist da mehr? Ihr hängt doch dauernd mit ihm ab?“, fragte erst vor ein paar Tagen Jolina, ein Mädchen, das neu in unserer Klasse ist.

Hakan früher und Hakan heute macht einen Unterschied, was Lela und ich ausschweigen. Und wir überhörten auch geflissentlich, was irgendwer an unserer Stelle als Antwort auf Jolinas Frage durch den Raum rief. „Haha, die drei Unzertrennlichen machen's wahrscheinlich zu dritt.“

Äh, nein. Das taten wir nicht. Natürlich nicht.

An besagtem Nachmittag hatten Hakan, Lela und ich zum Schluss aus unseren Zeige- und Mittelfingern einen Stern gelegt. Das hatten wir früher schon einmal getan. Damals waren wir sieben, oder so, und meine Mutter hatte ein Foto aus diesem Kinderfingerstern geknipst und das Bild hinterher als Weihnachtspost an sämtliche Freunde und Verwandte geschickt. Es war dieses – schreckliche Weihnachten gewesen und wir kannten Hakan damals noch nicht lange.

Diesmal war keiner da, der ein Foto von unseren Sternenfingern machte. Diesmal spürte ich nur ein komisches Gefühl im Bauch und überall sonst, als Hakans Zeigefingerspitze die Spitze meines Mittelfingers berührte, und ich zog meine Hand so schnell wie möglich zurück.

„Echt, Hände verraten total viel über einen Menschen", hatte Lela schließlich ein zweites Mal gesagt und Hakan dabei angesehen. Fest und intensiv angesehen. Was sollte das denn heißen? Warum guckte sie ihn überhaupt so komisch an? Hatte ich am Ende irgendetwas verpasst?

* * *

„Also, ich schreibe dann: H. Ö. Partygänger, Nihilist, potenzieller Schulhinschmeißer, türkische DNA, erklärter Helene-Fischer-Hasser – und Weltenbummler. Das muss reichen! Was geht es den Ennemann und die Leute in unserer bescheuerten Klasse an, ob ich Käsefüße habe oder nicht!"

Durch das Telefon konnte ich hören, wie Hakan sein Ethikheft zuschlug.

„Du hast recht", sagte ich und sah dabei hinunter in unseren kleinen Hinterdemhausgarten, wo meine Mutter auf einer grünen Matte im nicht mehr ganz so grünen Gras meditierte, Portobello unter dem Birnbaum zwischen Fallobst schlief wie ein Stein, während Cäsar, der Nachbarhaus-Chihuahua, seinen einzigen Sohn ankläffte, als habe er einen Todfeind erspäht. Das zähnchenfletschende Vieh war nie drauf gekommen, dass Portobello die Frucht seiner eigenen Lenden war, wie Lela es ausdrückte. (*Frucht seiner Lenden?* Igitt.)

„Weißt du übrigens, wo Lela steckt?"

Hakans Stimme klang plötzlich eine Nuance anders. Oder bildete ich mir das nur ein? Ich hoffte es.

„Nein, wieso?"

„Weil sie nicht ans Handy geht", sagte Hakan, und dieser Satz implizierte, dass er bereits versucht hatte, Lela zu erreichen. *Vor mir versucht hatte zu erreichen.*

„Hast du es bei ihr zu Hause versucht?", fragte ich mit einem komischen Gefühl im Bauch.

„Ja, aber da war nur ein Wahnsinniger am anderen Ende der Leitung, der mir nicht weiterhelfen konnte. Oder wollte. Keine Ahnung, was genau sein Problem war."

„War es Erik? Oder Henri?"

„Da fragst du was! Kann die beiden Mr Beans am Telefon nicht unterscheiden. Einer klingt so bescheuert wie der andere."

Das stimmte nicht. Obwohl die beiden eineiige Brüder waren, bestand ein himmelschreiender Unterschied zwischen ihnen. Henri war, keine Frage, ein Ekel. Aber Erik war eigentlich nett. Was konnte er dafür, dass Frau von Puldorf Lela so behandelte, wie sie es tat? Erik versuchte meines Erachtens nach immer, so wenige Schwierigkeiten wie möglich zu machen.

„Quatsch, er ist genauso unerträglich wie *Ha Punkt*", sagte Lela immer gereizt, wenn ich hin und wieder den Versuch unternahm, Erik vor ihr in Schutz zu nehmen. „H & E, zwei Ärsche, die die Welt nicht braucht. Echt nicht."

Plötzlich fiel es mir ein.

„Ist Lela heute Abend nicht mit den beiden Irmas unterwegs?"

Es war schräg, aber wir hatten tatsächlich zwei Irmas an der Schule und Lela hatte mit beiden zu tun. Mit Irma Eins (über die sich hartnäckig das Gerücht hielt, sie sei womöglich lesbisch, zumindest aber bisexuell) machte sie in der Poetry-Slam-AG mit, und mit Irma Zwei, die schon in der Zwölften war, teilte sie ihre Leidenschaft für die Berliner Dancehall-Band *Seeed*. Irma starb sozusagen für Peter Fox und Lela für Boundzound.

„Ich träume davon, dass ich mit ihm Sex habe", hatte sie mir mal anvertraut. „So richtig. Mit allem. Echt."

„Ach ja", sagte Hakan jetzt. „*Mondscheinbazar*. Wie konnte ich diesen Blödsinn nur vergessen."

Hakanlachen.

„Exakt", gab ich zurück.

Die Nachtflohmärkte fanden in der alten Heimat meiner Großmutter väterlicherseits statt, genauer gesagt, in einem kleinen, ziemlich heruntergekommenen Hunderthäuserkaff direkt jenseits der tschechischen Grenze, in dem man so gut wie nie Handyempfang hatte. Es lag keine halbe Stunde von hier entfernt in einer leicht sumpfigen Talsenke, und mehrmals am Tag pendelte inzwischen sogar ein Bus dorthin. Lela war in Begleitung von Irma Eins allerdings nicht mal auf den Bus angewiesen, denn Irma Eins hatte einen Bruder, der bereits studierte und ein Auto besaß.

„Was will sie eigentlich dauernd auf diesen schmuddeligen Basaren?“

Hakans Stimme klang jetzt leicht genervt.

„Hallo? Es ist *die* Plattform für Kunst und Kulturschaffende“, leierte ich automatisch herunter, weil Lela mir damit jedes Mal kam, wenn sie wollte, dass ich sie begleitete. Der Mondscheinbazar fand in einer alten, in Auflösung begriffenen Schnapsbrennerei statt, in der es immer schal und eklig nach Urin roch, und in deren dunklen Ecken sich Mäuse und Schlimmeres tummelten.

„Das bildest du dir ein, Lisbeth“, regte sich Lela auf, wenn ich mit Gestank und Nagetieren und Kakerlaken argumentierte, um nicht mitgehen zu müssen.

„Und bestimmt sind nicht nur die beiden Irmas dabei, sondern natürlich auch Tibor, der Motorisierte?“

Tibor war Irmas Bruder mit seinem Ford Fiesta.

„Keine Ahnung“, antwortete ich lahm. Ich sah, wie meine Mutter ihre Meditation beendete, nach Portobello pfiff und ihre Yogamatte zusammenrollte.

„Hakan, willst du vielleicht zum Abendbrot kommen?“, fragte ich, weil er das hin und wieder tat. Sein Vater bewirtschaftete als Franchiser sämtliche vier McDonalds, die es in unserer Nähe gab, und scheffelte auf diese Weise wahnsinnig viel Geld. Dafür war er fast so abwesend wie mein Vater und Hakan bekam praktisch nie etwas zu essen. Seine Mutter war zwar rund um die Uhr daheim, aber das machte Hakans Zuhause nicht gemütlicher und kulinarischer, im Gegenteil. Fatima Öztürk war schwer depressiv und kochte niemals, und Hakan vermied es, so gut es ging, Leute mit zu sich zu nehmen.

„Nee, lass mal", sagte Hakan jetzt. „Mir ist heute irgendwie nicht mehr nach Rausgehen. Aber grüß mal deine psychisch intakte Mutter von mir, okay?"

„Klar", sagte ich enttäuscht und legte mein Handy weg.

Bildete ich es mir ein, oder kam Hakan in der letzten Zeit immer seltener zu Besuch? Und wäre er gekommen, wenn Lela hier gewesen wäre? Mochte er Lela vielleicht tatsächlich – lieber als mich?

Manchmal war das Leben einfach rundherum bescheuert.

Und manchmal ist er ganz nah. Zum Anfassen nah. Dann höre ich ... ihn rufen. Nach mir. Nach uns. Und nach seiner Mutter. Vor allen Dingen nach ihr, natürlich ...
(Lela von Puldorf)

4

Lela

„Ach, hallo, Lela – hallo, Irma", sagte Ennemann, der vor einem alten Koffer Bücher kauerte und so aussah wie immer: klein, dick, nervös, mit wirren Haaren. Ein Mumin eben.

„Hi, Herr Ennemann", antwortete Lela überrumpelt. Irma Eins lächelte nur leicht. Irma Zwei war schon weitergeschlendert. „Was machen Sie denn hier?"

Mit einer Geste beschrieb sie die ganze, große, an diesem Abend proppenvolle Schnapsbrennerei.

„Stöbern", antwortete Ennemann, stand auf und klopfte sich die staubigen Hände an seiner mindestens ebenso staubigen Jeans ab. „Ich habe ein Faible für mittelhochdeutsche Literatur. Und wo, wenn nicht hier. Dieser Basar ist immer eine wahre Fundgrube."

Er wies auf die vielen aufgereihten Bücherkisten und grinste vielsagend. *„Die boesen hazzen ie die frumen ...",* deklamierte er frei heraus und griff nach einem dünnen, alten Büchlein. „Verstanden?" Er wartete keine Antwort ab. *„Die Schlechten hassen immer die Guten*", übersetzte er prompt und mit hochgezogenen Augenbrauen. Dann grinste er ein zweites Mal, fuhr sich durch die schütteren Haare, sagte: „Viel Spaß noch beim Stöbern, die Damen – und verpasst den Zweiundzwanziguhrbus nicht, oder seid ihr mit dem Auto gekommen?", und ging weiter.

„Na, klasse“, murmelte Irma hinter ihm her. „Was sollte das denn? Jetzt ist man nicht mal mehr hier sicher vor seinen bekloppten Lehrern. Oh. Mein. Gott.“

Sie vertrieben sich die Zeit, aßen Falafelspieße und teilten sich eine Portion Wildkräutersalat mit dem dazugehörigen Stück Fladenbrot. Irma trank ein Glas tschechischen Prosecco und Lela ein leicht schales Colabier. Schade, dass Lisa nicht mitgekommen war.

Neben dem Haupteingang der Brennerei stand wie üblich *Der Goldene* mit seinem goldenen Zylinder vor den Füßen. Er stand schon eine Ewigkeit völlig reglos da und bewegte sich nur dann roboterartig, wenn ihm jemand ein Geldstück in den Zylinder warf.

„Hi, Vojtech“, sagte Irma irgendwann im Vorübergehen und lächelte ihm freundlich zu. Der Goldmann verzog überhaupt keine Miene.

„Kennst du den etwa?“, erkundigte sich Lela und blieb in gebührendem Abstand stehen.

Irma zuckte mit den Schultern. „Ja, habe ihn mal nach einem Mondscheinbazar getroffen. Er hatte sich gerade abgeschminkt und umgezogen und lungerte, warum auch immer, noch draußen herum. Leider ist er der totale Mister Unnahbar. Dabei sieht er ungeschminkt ziemlich gut aus“, fügte sie grinsend hinzu, ging ein paar Schritte zurück und blieb direkt vor der goldenen Figur stehen, die reglos durch sie und Lela hindurchzusehen schien. Sein Gesicht war erstarrt und glänzte über und über golden, dazu trug er wie immer einen goldenen Mantel, eine goldene Hose, goldene Schuhe. Sein linker Arm klemmte starr und ausgestreckt an seiner Seite, während sein rechter Arm bewegungslos angewinkelt napoleonartig vor dem Gürtel seines Mantels ruhte. Auf dem Kopf trug er einen ähnlichen Hut wie der, der vor seinen Füßen stand. Sogar die Spitzen seiner Haare, die darunter hervorschauten, waren golden.

„Hey, Vojtech? Du heißt doch Vojtech, oder?“, sagte sie.

Der Goldene rührte sich nicht.

„Nachher draußen, ein bisschen quatschen? Wir finden dich alle ziemlich gut und so, verstehst du?!“

Der Goldene starrte ungerührt durch Irma hindurch.

Eine Frau, die vorüberging, warf einen Euro in den Zylinder. Ruckartig bewegte sich der Kopf des Goldmanns herum, er machte eine kurze, heftige Drehung mit dem Oberkörper, schwankte ganz leicht und erstarrte wieder.

„Co šok!“, schrie eine andere Frau, die vorüberkam und zusammengefahren war. Der Goldmann rührte sich nicht mehr. Die Frau, die den Euro geworfen hatte, lachte und ging davon.

Die Augen des Goldenen waren das Einzige an ihm, was nicht golden war. Sie waren sehr dunkel und starrten unergründlich ins Nichts.

Irma seufzte und schob sich die Haare aus der Stirn. „Ich habe mir damals echt Mühe gegeben, aber er war wahnsinnig kurz angebunden und hat sich schnell aus dem Staub gemacht. Schade“, sagte sie und schlenderte schon weiter. Lela folgte ihr. Wo waren inzwischen überhaupt Irma Zwei und Tibor abgeblieben? Am Ende der Halle spielte eine Band. Lela warf durch die Menschenmenge hindurch einen prüfenden Blick dorthin. Ohne Auto wären sie jetzt ziemlich aufgeschmissen. Es war kurz vor Mitternacht. Der Zweiundzwanziguhrbus war der letzte des Tages. Ihre Eltern würden toben, weil sie so spät kam. Aber, he, wen kümmerte es?

Warum kommst du so spät? Es ist nach Mitternacht! Hast du etwa Alkohol getrunken? Du bist, verdammt noch mal, erst fünfzehn! Erik und Henri schlafen längst! Musst du so laut sein? Du weckst noch deine Brüder auf! Henri ging es heute gar nicht gut! Er braucht seinen Schlaf, das weißt du doch! Warum nimmst du so wenig Rücksicht? Was bist du für eine Egoistin! Hast du etwa geraucht? Wo bist du überhaupt gewesen? Doch nicht schon wieder in Malícov? Wir sind wirklich sehr wütend auf dich!

So what. Lela verdrehte die Augen. Sie hatte das alles so über.

Aber dort hinten war zum Glück Tibor. Er lehnte an der unverputzten Hallenwand und rauchte mit ein paar Typen, die ebenfalls regelmäßig hierherkamen, einen Joint. Einer von ihnen hatte einen großen, aufgeblasenen Plastikpenis, den er Tibor eben vor die Beine hielt. Tibor lachte laut, klemmte sich das Ding zwischen die Oberschenkel und wedelte damit herum. Irma Zwei wühlte sich unterdessen ein paar Meter weiter völlig unbeeindruckt von dem Gejohle der Studenten durch eine Kiste voller CDs. Ein sommersprossiger Typ, der hinter dem Verkaufsstand lehnte, schaute ihr grinsend dabei zu.

„Wahnsinn! Wahnsinn! Wahnsinn“, murmelte Irma begeistert, als Lela und die andere Irma zu ihr stießen, und wich wie nebenbei Tibors Riesenpenis aus. „Lauter irre Sachen heute. Ich glaub, ich werd echt auf der Stelle verrückt!“

Sie schrie auf, als sie eine alte, verstaubte CD entdeckte. „Die *Piglets!* Wie geil ist das denn? Die such ich ja schon ewig! Mann, Mann, Mann *...reggae, reggae, reggae, here comes Johnny Reggae, Johnny Reggae lies on me ...*“

Sie grinste anzüglich, tanzte auf der Stelle, und sang dabei weiter. „*... he looks me in the eye when he shoots ...* Was kostet die denn?“

Der Typ jenseits des wackeligen Tapeziertischs murmelte einen Preis. Er rauchte ebenfalls Cannabis, das war nicht zu überriechen, aber da musste noch mehr sein, seine Hände zitterten ziemlich.

„Hey, klasse! Gekauft!“ Irma wühlte wie elektrisiert weiter. „Tada! *Sex Pistols!* Und auch noch die guten, alten *Dead Kennedys*! Ich glaub, ich heul gleich los vor Glück!“

Insgesamt bezahlte sie zehn Euro.

„Der Typ ist sowas von einem Hohlroller“, sagte sie hinterher leise zu Lela, nachdem sie die CDs in ihrer Tasche verstaut hatte. „Gut, dass der die Birne so zugeknallt hatte. Bei eBay würde ich bestimmt nen Hunni für die Teile kriegen! Nicht, dass ich sie je wieder hergeben würde ...“

Lelas Blick hing wie gebannt an einer Kiste voller DVDs.

„Haha, *Pumuckl, Benjamin Blümchen, Bibi Blocksberg* – wie süß! Was ist, wirst du jetzt sentimental?“, sagte Irma, schlang von hinten ihre

Arme um Lela und lehnte ihre Wange an Lelas Scheitel. „Was hast du? Warum guckst du denn wie ein begossener Pudel? Stimmt was nicht?“

Irma Zwei zog eine *Fünf-Freunde*-DVD aus der Kiste und wedelte damit vor Lelas Gesicht herum. „Soll ich sie dir kaufen? Machen wir einen Kindheitsrevivaltag? Mit Smarties und Fanta und Gummibärchen?“

Lela gab keine Antwort. Sie fühlte sich auf einmal müde. Müde und leer. Verdammt, wenn wenigstens Lisa dagewesen wäre. Aber Lisa mochte Malícov nicht, absolut nicht. Genau wie Hakan.

„Wollen wir allmählich mal los?“, fragte Lela, drehte sich um, nahm Irma die DVD aus der Hand und legte sie zurück.

„Erst, wenn du sagst, was los ist.“

„Nichts ist los.“

„Echt nicht? Du bist so ... komisch plötzlich.“

„Nein, echt nicht. Ich bin allmählich nur müde.“

Sie warf einen Blick auf ihr netzloses Handy. Na bitte, es war fast halb eins.

Während sie Tibor bei seinen Kumpels loseisten, kaufte Irma Zwei für drei Euro eine abgegriffene *Pretty-Woman*-DVD und eine zerschrammte *Dirty-Dancing*-DVD.

„Hier, für dich. Seelenfutter für schlechte Tage“, sagte sie und drückte Lela die beiden Filme in die Hand. „Gucken meine Mutter und ich immer, wenn wir mal einen richtigen Scheißtag hatten. Wirkt garantiert!“

Dann zwangen sie Tibor hinaus ins Freie, wo auf einer ziemlich zermatschten, ramponierten Wiese eine Menge Autos parkten. Der Goldmann neben dem breiten Eingangsportal war bereits verschwunden.

„Scheiße, bin ich zu. – Was war das denn für ein Hammerzeug?“, murmelte Tibor, während er sich schwerfällig auf den Fahrersitz des Fiestas fallen ließ.

Die Nacht war sternenlos, der Himmel schwarz mit grauen Wolkenschlieren. Es wehte ein kalter, feuchter Wind, der nach dem nahen Fluss roch. Lela fröstelte und schlang die Arme um sich.

„Hoffentlich stoppen uns die bescheuerten Bullen nicht“, murmelte Irmas Bruder, rieb sich ein letztes Mal die Augen, und ließ den Motor aufheulen.

Die Rückfahrt dauerte zwanzig Minuten. Fünfzehn, wenn sie die verbotene Abkürzung nahmen, die durch das Naturschutzgebiet am Fluss entlangführte.

„Los, wir machen's“, murmelte Tibor gähnend und setzte den Blinker. „Will ins Bett. Kein Bock auf Umweg.“

„Nein, besser nicht“, sagte Irma Eins. „Da stehen nachts in letzter Zeit oft die Bullen rum und halten Wache.“

„Sagt wer?“, fragte Tibor.

„Sagen alle“, erwiderte Irma ärgerlich. „Echt, Tibor, du bist voll breit. Das gibt richtig Zoff, wenn die Bullen dich ...“

„Klappe, Nervensäge“, unterbrach Tibor sie. „Sonst könnt ihr das nächste Mal den Bus nehmen, okay?“

Also fuhren sie natürlich durchs Naturschutzgebiet. Lela hatte es geahnt. Als der Weg holperig wurde, schloss sie die Augen.

Hier begann das Land Außerhalb.

Und sie wollte es nicht sehen.

Wollte es nicht sehen.

Nicht sehen.

Kurz darauf hielt der Wagen.

„Danke“, sagte Lela hastig zu Tibor, der aussah, als schlafe er bereits halb. Der Motor des Fiesta tuckerte leise, Tibor hatte den Fahrersitz weit nach hinten geschoben und die Lehne fast bis zum Limit schräg gestellt.

Einer ist unaufmerksam – vier sterben!, schoss es Lela durch den Kopf. Dieses idiotische Schild stand schon seit Jahren am Rand der Bundesstraße, die sie gerade eben erst entlanggefahren waren. Wie oft hatten sie darüber schon gelacht und ihre Späße gemacht?

Irma Eins auf dem Beifahrersitz war tatsächlich eingeschlafen, sie schnarchte leise, Irma Zwei umarmte Lela zum Abschied. „Bis in der Schule, Süße."

Sekunden später schloss Lela die Haustür zu ihrem Elternhaus auf, oder versuchte es zumindest, denn ehe sie den Haustürschlüssel so leise wie möglich im Schloss nach links drehen konnte, wurde die Tür von innen bereits aufgezogen. Sie hatte es geahnt und ihr Handy hatte sie auch schon darauf vorbereitet. Kaum gab es wieder Netz, hatte es vorwurfsvoll gesummt, und ihr alle verpassten Anrufe mitgeteilt. Lela hatte nur einen müden Blick darauf geworfen.

Zuhause. Zuhause. Zuhause. Zuhause. Zuhause. Frau von Puldorf Handy. Frau von Puldorf Handy. Frau von Puldorf Handy. Zuhause. Zuhause.

Zig Anrufe, zig SMS und zwei Mailboxnachrichten.

Lela wappnete sich und da ging es auch schon los. Es war die übliche Litanei.

Zu spät! Unverschämt! Das wird Folgen haben! Womit haben wir das verdient? Deine Brüder! Der Hund! Hast du etwa auch noch Alkohol getrunken?

Der Monolog wurde länger und länger und die Stimme ihrer Mutter dabei schriller und schriller.

Lela stellte ihre Ohren auf Durchzug und versuchte, die ‚Unds' ihrer Mutter zu zählen, um sich auf diese Weise abzulenken, bis der Sturm der Empörung vorbei war. Beim zweiunddreißigsten ‚Und' gab sie auf. Obwohl sie sich nicht sicher war, ob sie wirklich alle ‚Und's mitbekommen hatte. Ihre Mutter schimpfte immer wasserfallartig, wenn sie erst einmal in Fahrt kam, und bekam rote Flecken in Gesicht und Ausschnitt.

„Okay. – Sorry. – Es. Tut. Mir. Leid", sagte Lela irgendwann und drängte sich an ihrer Mutter vorbei durch den dunklen Flur.

„Psst!", zischte die aufgebracht, als Lela mit einem Ruck die Tür zu ihrem Zimmer öffnete. „Denk doch an ..."

„Ja, klar. H & E. Wie könnte ich die beiden *Schwämme* vergessen", murmelte Lela gereizt und schlug die Tür hinter sich zu. Nach dem Frau-von-Puldorf-Gezeter schlief hier sowieso garantiert keiner mehr.

Warum war ihre Mutter eigentlich so dick? Wie eine Birne. Oben dünn, aber dann ging sie ganz plötzlich und unerwartet auseinander. Ganz klar, von ihr hatte sie dieses Ich-muss-verdammt-auf-meine-Figur-achten-Problem geerbt. Gegen sie war Lisa nur ein Strich in der Landschaft. Und ihre schrägen Brüder kamen mehr nach ihrem Vater. Groß, dünn, fast schon athletisch – mit Abstrichen bei Henri wegen seiner Herzerkrankung. Sie war die dicke Made geblieben, die sie schon bei ihrer Geburt gewesen war.

„Sie hat den armen Jungs alles weggegessen", hatte ihre Mutter mal zu einer Kollegin gesagt, die das bescheuerte Drillingsbild auf der Kommode entdeckt und genaustens angeschaut hatte. Dazu hatte sie komisch gelacht. Haha, klar, nur ein Späßchen. Hahaha. Die Kollegin hatte ebenfalls gelacht. Verdammt, das war alles andere als lustig.

Lela hörte, wie ihre Mutter noch eine Weile durch das Haus geisterte. Sie lief dauernd alleine durchs Haus und trieb Lela damit in den Wahnsinn.

„Na, du", sagte sie, als es draußen endlich still wurde, zu Cleo und presste ihr kaltes Gesicht in das warme Fell des Golden Retrievers. „Hast du mich wenigstens vermisst?"

Ob jemand mit dem Hund eine Pinkelrunde gegangen war? Henri garantiert nicht, aber vielleicht Erik? Obwohl, Erik war der Stubenhocker schlechthin. Ihre Mutter? Mit Sicherheit nicht. Ihr Vater war in Ermangelung seines BMWs vor der Tür, wie es aussah, noch nicht mal zu Hause. Wo trieb der sich eigentlich dauernd herum?

„Musst du noch mal, Cleo?"

Der Hund winselte leise und Lela seufzte. „Okay, komm."

Die kalte Nachtluft mit Cleo an ihrer Seite tat gut. „Los, bis ans Ende der Straße", flüsterte sie und joggte los. Cleo fiel in einen begeisterten Trab und Lela musste an Hakan denken, der auch immer lief. Jeden Morgen fünf Kilometer. Egal bei welchem Wetter. Regen, Schnee, Sturm, Gewitter, Hakan lief fünf Kilometer, ehe er zur Schule ging. Oder auch nicht ging. Hakan, der Lächler.

„Warum bist du immer so relaxed? Warum lächelst du immer?“, hatte Lisa ihn erst neulich eine Spur ungeduldig gefragt.

„Keine Ahnung“, war Hakans Antwort gewesen. Seine Augen hatten eindeutig kurz geflackert. „Gute Laune?“

Wie konnte jemand immer gute Laune haben? Lela musste an Hakans Mutter denken, die im Ausgleich zu Hakan anscheinend immer schlechte Laune hatte. Wie hielt er dieses Dauerdepri nur aus? Reich oder nicht – Hakan, der mit Hamburgern und Pommes groß geworden war, hatte es auch nicht leicht.

Lela erreichte das Ende der Straße und kehrte um, diesmal im Schritttempo. Cleo hatte zwei Seen gepinkelt, na also. Als sie zurück ins Haus kam, hörte sie in der Küche Geräusche.

Lela blieb stehen. War das etwa schon wieder ihre Mutter? Wann schlief diese Irre eigentlich mal? Lela spähte durch die Türspalte. Aber es war nicht ihre Mutter, die dort am Fenster stand und ... was tat? In die Dunkelheit starrte?

„Erik?“, flüsterte Lela verwundert.

„Hm?“

Er drehte sich, obwohl er sofort antwortete, nicht um. Was tat er hier? Starrte mit seinen blinden Augen in die blinde Nacht? Er konnte Licht von Dunkelheit unterscheiden und er war nicht auf den Kopf gefallen. Er musste also wissen, dass es weit nach Mitternacht und drinnen wie draußen stockfinster war. Sprechende Mikrowelle, sprechende Uhren, ein sprechender Computer, das verdammte Echolot. Das Haus war voll damit. – Was tat er also hier?

„Was tust du hier?“

Fragen konnte sie ja immerhin mal.

„N...nachdenken.“

Lela schob sich in die Küche. Klar, das Gezeter zwischen ihr und ihrer Mutter hätte Tote wecken können.

„Und worüber?“

„Über alles Mögliche. Nichts Besonderes.“

Lela sah, dass Eriks Finger über die englische Königin glitten, die mit schlaffem, angewinkeltem Winkarm dastand und trübe ins Leere starrte. Ähnlich wie Erik. Lela überlief plötzlich eine Gänsehaut. Genauso gut hätte es sie treffen können. Das Blindsein. Angenommen, Erik und Henri hätten ihr alles weggefuttert, und sie wäre heute an Eriks Stelle? Eriks Finger waren weitergewandert und lagen jetzt auf der Fensterscheibe.

„Glas“, sagte er leise. „Ich kann es mir irgendwie nicht vorstellen. Nicht zu sehen und doch zu sehen.“

Er schwieg einen Moment, und Lela überlegte, dass sie ihn und Henri damals, als sie sich noch ungeboren im Bauch ihrer Mutter befunden hatten – kein sehr ansprechender Gedanke, in den Innereien ihrer Mutter gefangen zu sein – bestimmt intensiv gespürt hatte.

Man musste sich das mal vorstellen. Drei Kinder auf so engem Raum zusammengepfercht. Sie unten quer und über ihr zwei weitere Babys. Sie mussten press aufeinandergelegen haben. Ein eigenartiger Gedanke. So wahnsinnig viel – Nähe. Und jetzt hatte sie Erik schon seit Jahren nicht mehr berührt. Sie fühlte sich ihm nicht nah. Und Henri? Dem schon gar nicht.

„Technisch betrachtet ist Glas eine Flüssigkeit“, nahm Erik den Faden plötzlich wieder auf, Lela zuckte bei seinen Worten zusammen. Sonst sprach er kaum mit ihr.

„Eine sehr träge fließende Flüssigkeit allerdings“, räumte Erik ein. „Aber auch Glas ist der Schwerkraft unterworfen.“

Redete er mit ihr? Oder mit sich selbst? Erik war wahnsinnig viel alleine; vielleicht redete er nachts häufiger mal mit sich? Wer wusste das schon. Sie jedenfalls nicht.

„Der Schwerkraft gehorchend braucht sie Hunderte, oder sogar tausend Jahre, bis sie den gleichen halben Zentimeter überwunden hat, den Wasser im Tausendstel einer Sekunde schafft.“

„Echt?“, fragte Lela leise, um zu zeigen, dass sie ihm irgendwie zuhörte.

„Ja“, sagte Erik und nahm seine Hände von der Scheibe. „Kaliumkarbonat, Kalk und Soda, kettenartige, verzweigte Silikate, die amorph erstarren und sich zu dünnen Flächen verbinden. Glas eben.“

„Wow.“

Wieso wusste er das alles? Schließlich war doch Henri das Genie. Wobei, Eriks und ihren IQ hatte keiner überprüft. Eriks nicht, weil er sich geweigert hatte. Und ihren eigenen? Nach dem hatte keiner gefragt, was kein Wunder war, wenn man einen Blick in ihre eher miserablen Zeugnisse warf. In ihr schlummerte unter Garantie kein Albert Einstein.

„Albert Einsteins Intelligenzquotient wurde allerdings nie wirklich gemessen“, hatte Hakan damals gesagt, als Lela ihm und Lisa genervt von Henris „160“ berichtet hatte. Aber Henri ließ das nicht gelten. „Gemessen vielleicht nicht!“, hatte er gemurmelt und mit den Fingern auf die Tischplatte getrommelt. „Aber er wurde nachträglich geschätzt! Und laut dieser Schätzung gehe ich mit ihm konform! 160 er – 160 ich!“

Lela seufzte bei der Erinnerung.

„Ich gehe dann mal ins Bett, Erik“, sagte sie anschließend.

Ihr Bruder nickte und drehte sich endlich um. Er hatte vor vielen Jahren vielleicht als winziges Frühgeborenes gestartet, aber inzwischen war er fast einen Meter achtzig groß und überragte Lela wie ein Baum. Sein Kopf war voller schwarzer Locken.

„Ich auch“, sagte er knapp. Sein Gesicht war eine Maske, wie fast immer.

„Erik?“

„Hm?“

„Darf ich dich – was fragen?“

„Was?“

„Aber du wirst nicht sauer?“

„Ich denke nicht. Warum sollte ich sauer werden? Oder willst du was Fieses fragen?“

„Nein, natürlich nicht. Nur ...“

„Nur ...?“

„Nur, warum bist du immer so alleine?“

Die Frage hing einen Augenblick zwischen ihnen in der Luft und Lela bereute sie schon. Was tat sie hier eigentlich? Was ging es sie an, wie Erik sich die Zeit vertrieb? Himmel, sie sollte ihm besser nicht vorgaukeln, dass sie sich in sein Leben einmischte.

„Vielleicht, weil mir niemand die Tür einrennt“, sagte Erik in diesem Moment und ging an ihr vorbei.

Sein schattiger Körper in der schattigen Dunkelheit der schattigen Küche. Lela fühlte sich plötzlich schwer wie Blei. Es war anders als in dem Moment, als sie eben mit den anderen das Land Außerhalb gekreuzt hatten. Aber es war ähnlich einsam und ähnlich bleiern.

Warum sagte und dachte sie eigentlich immer H & E anstelle von Henri und Erik?

Wir versuchten nicht mehr, ihn zurückzuholen. Wir, wir redeten nicht mehr über ihn. Wir versuchten stattdessen, ihn zu vergessen. (Lela von Puldorf)

5

Lisa

„What is this?"

„Wenn ich das nur wüsste."

Lela wackelte das durchsichtige, leicht knittrige Tütchen zwischen Daumen und Zeigefingerspitze hin und her.

„Denkst du, was ich denke?"

„Keine Ahnung, was denkst du denn?"

Lela sah mir direkt in die Augen. Habe ich je erwähnt, dass sie bunte Augen hat? Das linke ist grün, schlicht grün, wobei Grün irgendwie nie *schlicht* ist als Augenfarbe, finde ich. Grün ist immer besonders. Ihr rechtes Auge ist allerdings noch spezieller, es ist zweifarbig. Graugrün und braun. Die eine Seite der Iris graugrün und die andere hellbraun. Mit einer gezackten Linie dazwischen. Hakan nennt diesen Braunton von Lelas halbem Auge *bernsteinfarben*, während Lela sämtliche vertiefenden Gespräche über ihre verschiedenfarbigen Augen jedes Mal so rasch wie möglich im Keim erstickt.

„H & E sind blind und herzkrank, ich habe komische Augen! Belassen wir es dabei. Bei unserer Entstehung ist, wie es aussieht, einiges schiefgelaufen! Schwamm drüber – anderes Thema."

Das kleine, durchsichtige Tütchen hatte Julia Roberts mitgebracht. Sozusagen. Es hatte auf der Innenseite der *Pretty-Woman*-DVD geklebt, die Lela von diesem Mondscheinbazar in Malícov mitgebracht und mir geschenkt hatte. Links oben in der Ecke der linken DVD-Box-Seite neben Julia Roberts' lachendem Gesicht.

„Also ich denke echt, das könnte – Crystal sein."

Lela lachte leise und leicht ungläubig, zumindest hörte es sich so an. Es war noch gar nicht lange her, da hatten wir wie Süchtige viele Abende lang diese beknackte US-Serie *Breaking Bad* geschaut und uns, man kann es nicht anders beschreiben, geschüttelt vor Ekel über diese bekloppten Typen dort, die Crystal Meth nahmen und sich nach und nach in die totalen Zombies verwandelten.

„Wie bekloppt muss man eigentlich sein?", hatte Lela gesagt. Sogar meine Mutter hatte ein paar Folgen mit uns geschaut und entsetzt den Kopf geschüttelt.

„Zu unserer Zeit wurde, keine Frage, hie und da ein bisschen gekifft, und es gab da wohl irgendwo in der Innenstadt auch so einen schrägen Schickimickiladen, in dem angeblich gekokst wurde, aber das war es dann auch schon. Dieses Zeug heute ..."

Meine Mutter verzog angewidert das Gesicht. „Hand drauf, dass ihr so einen Unsinn *nie* probiert, okay?"

„Natürlich nicht! – Wofür hältst du uns denn?", hatte ich entgeistert zurückgegeben. Damit war die Sache erledigt. Als dann auch noch in der Schule jemand von der Drogenberatung auftauchte, hing uns das Crystal-Meth-Thema schon zum Hals raus.

„Meinst du echt?", fragte ich jetzt verblüfft und sah Lela an. „Crystal Meth?"

Ich nahm die kleine Tüte vorsichtig in die Hand und betrachtete sie aus nächster Nähe. „Popeliges Pulver", sagte ich und zuckte mit den Schultern. „Keine Kristalle."

„Keine *Kristalle des Teufels* meinst du wohl", sagte Lela. So hatte der Drogenberatungsheini Crystal Meth genannt.

„Crystal. Meth. Ice. Wie man es auch nennt. Es sind Kristalle des Teufels."

Wir hatten gelacht und nicht wirklich lange zugehört.

Jetzt waren wir in meinem Zimmer, meine Mutter war das ganze

Wochenende unterwegs. Sie las in Hamburg aus ihrem neuen Buch *Aggressionen erfolgreich abbauen* vor. Portobello lag schlafend zwischen Lela und mir auf meinem ungemachten Bett.

„Zum Glück mendelt sein grässlicher Vater nicht bei ihm durch“, hatte Lela vorhin gesagt, als wir uns gerade darauf geeinigt hatten, den Nachmittag prettywomanschauend zu verbringen, und ihn zwischen den Ohren gekrault, wie er es gerne hatte. Dabei waren wir auf das Tütchen Irgendwas gestoßen.

„Was ist es dann?“, fragte ich misstrauisch. „Heroin? Koks? Crack? – Und warum, verdammt noch mal, klebt es in dieser DVD-Box?“

Lela nahm mir das Tütchen aus der Hand und drehte es hin und her. „Doch Kristalle“, sagte sie plötzlich. „Guck doch mal ... wie Zucker ...“

Ich rückte ein bisschen höher.

„Wegschmeißen?“, schlug ich vor.

Lela nickte. „Wegschmeißen. Was sonst?“

Sie schleuderte das Tütchen in Richtung Papierkorb, traf aber nicht.

„Daneben.“

„Egal. Los, gucken wir Julia Roberts. Ist ewig her, dass ich den gesehen habe.“

Wir rollten uns auf den Bauch, und ich reckte mich, um die DVD ins Laufwerk meines Laptops zu schieben. Portobello wachte auf, weil es ihm zu eng zwischen uns wurde, und sprang mit einem Satz vom Bett. Zielstrebig lief er auf das kleine Tütchen zu und schnupperte daran.

„He, lass das!“, rief ich, während Portobello das Tütchen mit seiner Mininase hin und her stieß. Es knisterte leise.

„Nicht, dass er es frisst!“, sagte Lela besorgt, stand auf, nahm das Tütchen und legte es vorsorglich auf meinen Schreibtisch.

„Äh, Mülleimer?“

„Am Ende schnappt er es sich raus und bringt sich damit um."

Stimmt. Portobello war wahnsinnig verfressen. Er hatte schon mal den Auswechselkopf meiner Zahnbürste aus dem Müll geholt und sich ein anderes Mal Lelas Emotionsring, der je nach Gemütszustand die Farbe wechselte, von meinem Nachttisch geschnappt. Als Portobello ihn ein paar Tage später am Straßenrand wieder auskackte, war der Ring aschfahl gewesen, eine Farbe, die er vorher noch nie angenommen hatte, und Lela hatte vor Lachen Schluckauf bekommen und die Geschichte samt Schnappschuss bei Facebook gepostet!

„Los, gucken wir", sagte Lela jetzt und kuschelte sich neben mich. Wenn Hakan nicht da war, waren wir uns näher. Dann war es mehr wie früher.

„Ich liebe es, wenn Julia Roberts zum ersten Mal mit ihren echten Haaren vor Richard Gere steht", sagte ich. „Am Morgen danach."

„Ja, ohne diese blöde blonde Perücke."

Wir lächelten uns zu. Aber langer Rede kurzer Sinn, die DVD funktionierte nicht.

„Was ist das denn für ein Mist?", regte sich Lela auf.

Das Bild war wie von Geisterhand erstarrt. Julia Roberts zog sich eben ihre schwarzen Schlabberstiefel an, um auf den Strich zu gehen. Das Laptop summte und surrte. Wir konnten hören, wie sich die DVD darin drehte und drehte, ohne dass sich auf dem Monitor auch nur ein Funken tat.

„Na, bravo", brummte Lela, holte die DVD aus dem Computer, stopfte sie zurück in die Hülle, und warf alles zusammen in Richtung Papierkorb. Diesmal traf sie. *Pretty Woman* versank raschelnd im Müll.

„Und jetzt?", fragte sie frustriert.

Auf *Dirty Dancing* hatten wir keine Lust, weil Patrick Swayze tot war und es uns wie ein Sakrileg vorkam, ihn in *Dirty Dancing* schön und smart und quicklebendig zu erleben, während er in Wirklichkeit schon gar nicht mehr existierte. Also einigten wir uns auf *Wer früher stirbt ist länger tot,* aber irgendwie brachte es der nicht. Solange er lief, schwiegen wir verbissen, als warteten wir auf etwas. Komische Stimmung breitete sich zwischen uns aus wie immer, wenn das Land Außerhalb näherkam.

An dem Tag vor drei Jahren, als meine Mutter meinen abtrünnigen Vater endgültig rauswarf, hatte ich seine komplette DVD-Sammlung übernommen. Damals hatte er wohl eine Affäre mit einer Frau namens Satin am Laufen gehabt, und ich hatte mit angehört wie meine Mutter: „Wow! Satin! Was für ein bizarrer Name! Eine Französin? Wie ist es, hast du sie auf dem Eiffelturm gevögelt, oder was?", geschrien hatte. Was mich, gelinde gesagt, schon etwas verstört hatte. Wer, bitte schön, möchte schon darüber nachdenken, wo und wann und mit wem der fremdgehende Vater *rumvögelt*?

„Lisa, hast du unseren Streit heute Nacht vielleicht mit angehört?", hatte meine Mutter am anderen Morgen immerhin selbstkritisch und mit besorgter Stimme gefragt.

Und was tat ich? Schüttelte den Kopf. Sicher war sicher. Ich wollte nicht noch mehr zu dem Thema hören.

„*Grasgeflüster*?", schlug Lela jetzt mit schräg gelegtem Kopf vor. Sie las sich durch meine aufgereihten Filme, die wir noch nicht zusammen geschaut hatten. „*Marx Brothers*? *Stanley und Iris*? *Schtonk*? – Was auch immer das ist? – *Yol, Der Weg*? – Herrje, was für schräge Filme! Oder vielleicht einen guten, alten *James Bond*? Oder *Der weiße Hai*? Der soll ja allerdings schnarchlangweilig sein aus heutiger Sicht! Und früher haben sich die Leute deswegen im Kino in die Hosen gepinkelt vor Angst."

Wir mussten lachen, die Spannung zwischen uns war wieder weg.

Und dann? Dann schauten wir via *Youtube* einen Zufallstatort.

„Mal sehen – *Der Himmel über Kiel*?"

Lela liebte Tatorte und scrollte zu den Zuschauerkommentaren hinunter. „Na, wie passend“, sagte sie, als sie einen Blick darauf geworfen hatte. „Ein Tatort zum Thema *Crystal Meth*! Böse, böse. Die verbraten aber echt alles!“

* * *

Der Tatort? War beknackt. Drama, Sex, Drogen.

Aber trotzdem.

„Wie die draufgekommen ist, als sie das Zeug genommen hat“, murmelte Lela und ich konnte ihre Stimme nicht richtig deuten.

„Schräg, oder?“, fragte ich vorsichtshalber.

Lela nickte. „Und wie sie den Typen dann auf Knien um neuen Stoff angefleht hat ... Widerlich.“

Diesmal nickte ich. Der Film hatte ein flaues Gefühl hinterlassen, so viel stand fest.

* * *

Hinterher nahm Lela das Tütchen von meinem aufgeschlagenen Englischheft, wo es vorhin gelandet war.

„Ich mache jetzt einen Selbstversuch, nur ein minimalistischer Test, okay? Nur um zu gucken, ob's wirklich das ist, wonach es aussieht. – Wahrscheinlich können wir das sowieso gar nicht richtig.“

Sie lachte. Unsicher? Nicht unsicher? Lelas Gesicht ist jedenfalls wunderschön, wenn sie lacht. Das habe ich schon immer gefunden. Oft mit einem Stich Eifersucht. Lela war, im Gegensatz zu mir, auch fotogen. Sie konnte, wenn sie wusste, gleich wird fotografiert, ihr Gesicht in so eine Art Lächelposition bringen, was mir nie glückte. Kopf schräg legen, lächeln, Zähne zeigen, Grübchen in die Wangen zaubern, kokett gucken, Selbstbewusstsein. Dabei war sie im wahren Leben eigentlich eher schüchtern. Aber ihrem Gesicht sah man das nicht an. Ansonsten war Lela ganz leicht pummelig, das stimmte schon, auch wenn ich das ihr gegenüber niemals zugegeben hätte, aber ihr Gesicht war perfekt. Dazu dunkelrötliches, weich glänzendes Haar, leicht lockig, und diese bunten Augen.

Meine Mutter sagt ja immer, Schönsein hat nichts mit Dick- oder Dünnsein zu tun, aber damit könnte man Lela nie kommen. Sie kann ihren Körper so wenig leiden, wie sie ihre dauererschöpfte Mutter leiden kann.

„Also los", sagte Lela jedenfalls jetzt und rollte einen Zehneuroschein.

Zehnöckenschein, hätte Hakan gesagt, wenn er dagewesen wäre. Hakan nennt Geld immer Öcken, keine Ahnung warum. Was Hakan wohl zu dem hier gesagt hätte? „Wahrscheinlich ist's sowieso nur Backpulver und ein Joke", murmelte Lela und beugte sich über den Tisch.

Es brannte in der Nase.

„Oha", murmelte Lela und legte sich für einen Moment die Hände vor das Gesicht. Dann ließ sie sie wieder sinken.

Wir sahen uns an. Prüfend.

„Okay", sagte ich und zog einmal, zweimal, dreimal die Nase hoch. Meine Stimme *klang* – anders lässt es sich nicht beschreiben. „Hörst du das?", fragte ich in dieses Klingen in meinem Kopf hinein. *Kling ... klang ...*

Lela sah mich an und in ihrem Gesicht war Glück. Noch nie, nie, nie hatte sie mich so angesehen.

„Haha. Wow", flüsterte sie. Und dann umarmte sie mich plötzlich.

Ich roch ihr vertrautes Jil Sander Sun, dazu ihre frisch gewaschenen Haare und ihren Pfefferminzkaugummiatem. All das war mir wahnsinnig vertraut. Es fühlte sich gut an, sie zu umarmen. Ich absorbierte ihre Freundinnenliebe mit jedem Atemzug. Für schlechte Zeiten, die vielleicht, bestimmt, mal wieder kommen würden. Irgendwann. Aber nicht jetzt. Nicht heute.

„Und nun?", fragte Lela schließlich. Ihre bunten Augen leuchteten. Sie fuhr sich mit allen zehn Fingern durch die Haare.

„Raus?“, schlug ich vor.

Lela nickte und wir schlüpften in unsere Jacken. Dabei mussten wir immer wieder lachen.

„Synchronanziehen“, prustete ich.

„Synchronausdemhausgehen“, fügte Lela hinzu.

Das Haus war voller Septembersonne. Wir ließen Portobello im Zimmer, das war nur unser Nachmittag. Eindeutig.

„Oh. Mein. Gott. Das ganze Haus – atmet“, sagte ich und sprang von Stufe zu Stufe.

„Das Haus atmet?“, wiederholte Lela.

Ich nickte. „Hörst du es nicht?“

Wir blieben beide stehen und lauschten einen Moment. Staub tanzte im Sonnenlicht um unsere Köpfe.

„Ich höre nur wie verrückt Tauben gurren“, sagte Lela dann. „Wie damals, als ...“

Unsere Blicke trafen sich und zum ersten Mal fürchtete ich das Land Außerhalb nicht. Lela seufzte tief. Sie lächelte nicht nur mit dem Mund, sondern auch mit ihren bunten Augen.

„Wir können ... das *alles* vergessen, Lisbeth. Es ist vorbei, hörst du? Vorbei. Für immer.“

Ich nickte und umarmte sie fest, fest. So wie damals. Nur, dass es sich heute gut anfühlte.

Wir traten hinaus ins Freie. Die Luft war wild und frisch und irgendwie sprudelig. Wie Sekt, oder noch verrückter. Champagner, vielleicht. Es roch nach dem kommenden Herbst. Nur sonniger. Und wärmer. Der Tag war freundlich.

„Und jetzt?“

Wir setzten uns wie von selbst in Bewegung und rannten in den nahen Park, ganz automatisch, so wie früher, als wir noch Kinder gewesen waren. Im Rennen fischte Lela ihr Handy aus der Jackentasche.

„Nicht Hakan“, sagte ich rasch.

Lela lachte. „Nein, auf keinen Fall Hakan“, sagte sie und warf den

Kopf beim Laufen in den Nacken, was schön aussah. Wann war ich das letzte Mal so gerannt? Es war wie ein Befreiungslauf, zum ersten Mal verstand ich Jogger.

„Wen rufst du dann an?"

„Meine Mam, glaube ich."

Ich war perplex, aber Lela rannte einfach weiter und tippte dabei auf ihrem Handy herum. Ihre Mutter war, seit Lela ein Handy besaß, schnöde unter *Frau von Puldorf* gespeichert. Meine Mutter hieß in meinem Handy schlicht *Mama*. Hakans war, obwohl sie irgendwie bescheuert war, *Anne*, sein despotischer Vater hingegen war unter *Mr McDoof* gespeichert.

„Warum rufst du denn deine Mut...?", fragte ich, aber Lela winkte ab, sie redete bereits los.

„Mam? – Mam, bist du das?"

Ich lauschte und lachte und lief, und musste dabei erneut lachen, als mir die vielen Ls auffielen. Welche gab es noch?

Liebe? *Jaaa!* Licht! Loslassen! Libellen! Laub! Lerchen! Lust! Lollis! Leben! Lustigsein! Lampions! Lametta! Luftschlangen! Lila! Leuchten! – Lela! Lisa!!

L war ein guter Buchstabe. Ganz eindeutig. Er brachte einen weiter, wenn man versuchte, sich selbst zu aktualisieren.

„Mama – warum ich anrufe? Keine, keine Ahnung, ich, ich wollte eigentlich nur sagen, dass ich dich ... also, ich meine, es ist doch blöd, wenn wir immer ..."

Anscheinend wurde sie unterbrochen, aber statt sauer zu werden, lachte Lela. „Ja, ich weiß, ich bin außer Atem. Lisa und ich ... joggen, sozusagen. Wir, wir sind im Park, weißt du? Im Atillapark. Mama, ist es okay, wenn wir nachher mal vorbeikommen? Ich meine, hast du Zeit? Bist du da? Oder bist du mit H & E, ich meine Henri und Erik, unterwegs?"

Wir hatten unsere alte Kinderzeitwiese erreicht und sanken ins Gras. Synchroninsgrassinken.

Lela lächelte mir zu. Ihre Augen leuchteten noch immer.

„O...okay, Mam“, sagte sie dabei. Dann steckte sie das Telefon zurück in die Tasche.

„Was war das denn?“, fragte ich verblüfft.

„Keine Ahnung“, sagte Lela, rollte auf den Bauch und stützte das Kinn in die Hände. „Ich will froher sein. Gut sein. Mich besser fühlen. Ich muss was ändern, Lisbeth, verstehst du? Mann, ich könnte gerade die ganze Welt umarmen! Ich will zu Hause nicht immer und immer und immer nur Zoff haben!“

* * *

Ich spürte einen Kälteschauer. Wir waren mal Tiger. Bemalt im Atillapark. Gleich neben einer Hüpfburg, in die Lisa später, warum auch immer, kotzte. Aber vorher waren wir Tiger. Wange an Wange an Wange hat Lisas Mutter uns an diesem Nachmittag fotografiert. „Ihr drei Verrückten“, sagte sie und lachte. Das weiß ich noch genau. Komisch, woran man sich so erinnert. Man kann das irgendwie nicht frei entscheiden. Vieles weiß ich gar nicht mehr, aber dieses Backe-an-Backe-an-Backe-Gefühl weiß ich noch. Ich war die Mitte und es roch nach Theaterschminke und ich spürte

... *seine* warme, schminkeschmierige Wange an meiner. Ich weiß es, als ob es erst gestern gewesen wäre.
(Lela von Puldorf)

6

Lela

„Deine Augen hab ich gerne, denn sie leuchten wie zwei Sterne in der Dunkelheit – wu – wu – wu. Deine Augen hab ich gerne, denn sie leuchten wie zwei Sterne in der Dunkelheit – schubidu, schubidu, schubidu ... Deine Augen hab ich gerne, denn sie leuchten wie zwei Sterne in der Dunkelheit.“ – Oh, Hilfe! Ohrwurm! – *„Deine Augen hab ich geeeerne, denn sie leuchten wie zwei Sterne.“*

Lisa und Lela summten und sangen diesen verrückten, alten Gassenhauer, den Lisas demente Großmutter früher gerne geträllert hatte, im Chor und lagen seit gefühlten Ewigkeiten Hand in Hand auf der sonnenbeschienenen Wiese. Irgendwann konnten sie vor Lachen nicht weitersingen.

Verdammt, war das ein guter Tag.

„Mal wieder schwimmen gehen“, sagte Lisa irgendwann. „Da hab ich Lust zu.“

Sie schaute über den im Sonnenlicht daliegenden Ententeich und die Wasseroberfläche schimmerte beinahe golden.

„Oder reiten“, gab Lela prompt zurück und räkelte sich wohlig.

„Mal wieder tanzen.“

„Mal wieder verrückte Fotos machen.“

„Mal wieder Schokoladenfondue.“

„Jaaa! Genau! Und Arme Ritter mit heißem Ahornsirup!“

„Und kalte Sesamnudeln!“

Da, sie konnte es einfach so aussprechen:

Kalte Sesamnudeln.

Die Welt stürzte nicht ein.

Lela lachte wie befreit.

„Und in die USA fliegen und dort Zac Efron auftreiben!"

„Nein, lieber Tom Payne!"

„Okay, aber der ist in England!"

„Also England!"

„Und dann, endlich mal Sex haben." Sie lachten.

„Hey, ihr beiden!", rief plötzlich eine Stimme und gleich darauf fielen mehrere Schatten über sie. Lela richtete sich auf und schirmte mit der Hand die Sonne ab. Lisa machte es ihr nach.

Es war Irma Zwei mit zwei Freundinnen, die Lisa und Lela nicht kannten. Aber das war nicht weiter überraschend. Irma Zwei hatte den größten Freundeskreis der Welt und er schien täglich größer zu werden.

„Was macht ihr denn hier?"

Irma warf sich neben sie ins Gras. „Das hier sind übrigens Jella und Mia. Gerade erst kennengelernt. Bei *Starbucks*. Aber jetzt sind wir auf dem Weg ins *Moffat*. Da ist heute Nachmittag Impro-Theater. Wollt ihr vielleicht mit?"

Das *Moffat* war ein Café und eine Bar, je nachdem wie man wollte.

„Okay, gerne", sagte Lela überschwänglich und sprang schon auf. „Komm, Lisbeth, das wird bestimmt gut! Wir werden den Saal zum Toben bringen!"

Zu fünft zogen sie los. Die Sonne schien und warme Luft strich über Lelas Gesicht.

„Die Sonne ist wie ein Sehnsuchtsmagnet", rief sie und hakte sich bei Jella und Lisa ein. Sie hatte Lust, die ganze Welt zu umarmen.

Das Durch-die-Straßen-laufen war wie eine wunderschöne Wanderung. Lela summte immerzu vor sich hin, kaufte unterwegs einen vegetarischen Döner, rief Leuten vergnügt Sachen hinterher und zählte die Tage bis Weihnachten. Und bis sie volljährig sein würde. Und bis zu ihrem fünfundzwanzigsten Geburtstag, den sie auf Hawaii zu verbringen gedachte. Dann waren sie da. Das *Moffat* war ein schräger und noch ziemlich neuer Laden, die Besitzer waren ein Multikultipärchen, er Türke und sie Engländerin. Eine Vorspeise, die man dort bestellen konnte, hieß *Der Imam fällt in Ohnmacht* und der vegane Flammkuchen des *Moffats* hörte auf den skurrilen Namen *Ich bin beschwingt!*

Die Vorstellung hatte bereits angefangen und eine Szene folgte der nächsten.

„Den Typ da hinten kenne ich irgendwoher", flüsterte Lela irgendwann und deutete auf einen jungen Kerl mit schwarzen Augen und wirren Haaren, der neben der Tür zur Küche des *Moffats* lehnte und konzentriert zur Bühne sah.

„Echt?", fragte Lisa. „Ich nicht. Woher kennst du ihn denn? Sieht sehr nett aus."

„Keine Ahnung", murmelte Lela. „Aber ich schwöre dir, ich hab den irgendwo schon mal gesehen."

Auf der kleinen Bühne wurde die Stimmung immer ausgelassener.

Echochor, Erzählchor, Stimmen aus dem Jenseits –

das ganze Improtheaterprogramm. Dann kündigte einer der Schauspieler eine neue Nummer an.

„Hey, was haltet ihr von: *Tod in einer Minute*? – Los, ein Genre! Wie soll gestorben werden?"

Die Zuschauer lachten schallend, die Stimmung war gut.

Lela und Lisa warfen sich rasch einen Blick zu, aber das Entsetzen blieb aus. Lisa atmete tief und befreit auf. Endlich, endlich, endlich.

Beim *ABC-Spiel* ließ Lela sich dann überreden, auf die Bühne zu kommen und mitzumachen. Lisa starrte ihr überrascht hinterher.

„Super! Wie heißt du?", fragte der aus der Improgruppe, der sie ausgesucht und am Tisch abgeholt hatte. Lela nannte ihren Namen und bekam ein Mikro.

„Also dann, Lela – los geht's!"

Ihr Gegenüber war ein riesiger, schon ein bisschen älterer Typ, eigentlich der Einzige der Gruppe, der Lisa nicht besonders gefiel. Sie schätzte ihn auf Anfang dreißig und damit war er mit Sicherheit der Älteste der *Erbarmungslosen*, die heute im *Moffat* auftraten. Er hatte schon Falten um die Mundwinkel. Und eine senkrechte zwischen den leicht eng stehenden Augen. Warum hatte Lela sich nur bereit erklärt, zusammen mit ihm aufzutreten?

„Also, ich mag dich wirklich sehr", begann der faltige Riese das ABC-Spiel. Seine Stimme klang dann doch netter, als er aussah.

Lela bekam rote Wangen. Sie hatte immer leicht gerötete Wangen, aber wenn sie aufgeregt war, wurde es schlimmer. Lisa wusste das.

You're blushing, baby ..., sagte Hakan in solchen Momenten gerne zu Lela und machte sie so noch verlegener.

„Bitte sehr, ich, ich mag dich auch ...", sagte sie jetzt allerdings strahlend. Von Verlegenheit keine Spur.

Die Leute lachten.

„Charismatisch bist du auch!", fuhr der Düstere fort.

Das C war immer ein Stolperstein. Da hatte man nie viele Möglichkeiten, wenn es um einen Satzanfang ging. Das hatte er, keine Frage, geschickt gemacht.

Lela lachte fröhlich und schob sich nur mit den Zeigefingerspitzen die Haare nach hinten. Sie war völlig anders als sonst.

„Danke schön!", sagte sie mit funkelnden Augen für das D und warf die roten Haare zurück.

„Es, es, es wäre toll, dich ... näher kennenzulernen!"

Die Leute klatschten und grölten für dieses E.

„Wuwuwu!", machte jemand von weiter hinten. Ein anderer pfiff zweideutig.

„Farum nicht?", antwortete Lela übermütig.

„Mogel!“, rief jemand, aber keiner kümmerte sich darum.

„Geeeerne würde ich, wenn's okay ist, für einen Moment deine Hand halten.“

Der Riese griff nach Lelas Hand und kniete sich in Romeoundjuliapose vor sie.

„Das klingt nach einem Lied!“, riefen jetzt etliche aus dem Publikum.

Das klingt nach einem Lied! war streng genommen eine andere Impro-Disziplin, wurde aber immer begeistert dazwischengeschoben, wenn sich eine passende Situation ergab.

„Liebessong!“, skandierten die Leute klatschend.

Was sonst?

Der faltige Riese kniete immer noch und hielt Lelas Hand. Er zwinkerte ihr zu und begann zu singen. Etwas von *Noch-nie-sah-ich-jemanden-wie-dich-und-so-weiter*, aber im Scheinwerferlicht und im Zusammenspiel mit Klavier und Gitarre, die ihn jetzt begleiteten, klang es ... schön.

Lela spürte ihren Herzschlag im ganzen Körper, sie fühlte sich glücklich und frei wie ...? Wie ...? Sie konnte sich an keinen Moment ihres Lebens zurückerinnern, der sich mit heute messen ließ. Sie hatte das Gefühl zu schweben. Zu fliegen. Endlich mal frei zu sein. Ihre despotischen Eltern, ihre nervtötenden Brüder, all das war weit, weit weg.

„Du warst gut. Mutig. Lustig“, sagte der dunkelhaarige Typ, der für sie gesungen hatte, als das Spiel vorbei war, freundlich. Zusammen sprangen sie von der kleinen Bühne, Hand in Hand. „Lela, oder? – Schöner Name. Ich heiße schlicht Josh, also eigentlich Janosch, wie dieser Maler, aber alle nennen mich Josh. Im echten Leben studiere ich Medizin. Aber das hier mache ich noch lieber.“

Er lachte.

Als alles vorbei war und die letzten Improbesucher allmählich gingen, blieb Lela noch im *Moffat*.

„Wir wollen eigentlich noch ins *Alles/ist/erlaubt*, willst du mit?

Tanzen und so?", fragte Irma. „Lisa sagte, du bist das ganze Wochenende bei ihr, weil sie sturmfreie Bude hat."

Aber Lela schüttelte den Kopf.

„Ich helfe hier noch ein bisschen beim Aufräumen", erklärte sie und hatte immer noch sehr rote Wangen. Sie deutete auf das Equipment der *Erbarmungslosen*, das noch überall herumstand. Die kleine Bühne, das Mischpult, Mikros, Beleuchtung, angeklebte Kabel. Die ganze letzte Stunde hatte sie sich mit dem Riesen unterhalten, hatte mit ihm auf zwei zur Seite geschobenen Barhockern im hintersten Eck des *Moffats* gesessen, ihre Füße zwischen seinen Beinen auf seinem Hocker abgestützt.

Jetzt umarmte Lisa sie und zog sie ein Stück mit sich, damit die anderen nichts hörten. Sie hatte eigentlich auf einen besseren Moment gewartet, aber der war nicht gekommen, und so hatte sie Lela schließlich doch kurz entschlossen aus ihrem Endlosgespräch mit dem Riesen gerissen.

„Was ist? Hast du dich etwa in diesen Typen verliebt? Oder warum bleibst du noch hier?"

Lela lachte leise und vergrub ihr Gesicht an Lisas Hals. „Keine, keine, keine Ahnung! Nein, glaub eher nicht! Nicht *verliebt*! Nur ... nur ... nur so glücklich grade! Und wir haben wahnsinnig toll geredet! Ich habe ihm sofort sagen können, dass ich ein, urgs, *Drilling* bin! Er sagt, ich erinnere ihn an ein Tretboot. Von außen betrachtet alles easypeasy, verstehst du? Aber aus einer anderen Perspektive kann man sehen, wie ich mich abstrample! Das ist doch cool, oder? Verdammt, Lisbeth, so viel muss anders werden!"

Lisa nickte und sie wiegten sich hin und her. „Klar verstehe ich, aber denk dran, du hast deiner Mutter versprochen, heute noch vorbeizuschauen, und jetzt ist es schon ..."

Lisa warf einen Blick auf die Uhr.

„... was? Halb elf?"

Ihr wurde für einen Moment fast schwindelig vor Verwirrung. Wo war die Zeit geblieben?

„Sowieso zu spät für meine müde Mam“, sagte Lela leicht bedauernd, aber ihr Gesicht strahlte weiter. „Anyway, gehe ich eben morgen zu ihr! Ganz sicher! Versöhnen! Als ich klein war, mochte ich ihren Geruch! *Mamageruch* –

Mann, ist das alles lange her.“

Lela hüpfte ein paarmal in die Luft. „Lisbeth?“, flüsterte sie dann und presste sich die Hände auf die glühenden Wangen. „Das kommt jetzt aber nicht nur, weil wir ... Du weißt schon ...?“

„Was ist denn jetzt?“, rief Irma von der anderen Seite des Raumes und winkte mit einer offenen, blauen Proseccoflasche. „Kommt ihr? Oder wollt ihr vor den Klos festwachsen?“

„Gleich! – Nein! Ich, denke nicht. Ist einfach ein toller Tag gewesen! Von Anfang an“, sagte Lisa leise und hastig.

Lela nickte. „Genau, denn das alles hier ...“ Sie machte eine weit ausholende Geste mit den Armen, die das ganze *Moffat* einschloss. „... ist ja einfach so passiert. Unabhängig von dem, dass wir vorher ...“

Lisa und Lela lächelten sich zu.

Faust, Faust, Fingerspitzen, Fingerspitzen, in den Ausschnitt gucken, in den Ausschnitt gucken ...

Der Lisa-Lela-Spaßgruß, den sie sich irgendwann mal ausgedacht hatten und der nur ihnen beiden gehörte.

Sein Dekolleté zeigte man schließlich nicht jedem. Auch wenn Lela dekolletémäßig eindeutig mehr zu zeigen hatte als Lisa.

„Also, mach nichts Unüberlegtes“, flüsterte Lisa zum Schluss und schaute sekundenlang zu dem *Erbarmungslosen*-Riesen hinüber, der eben ein langes Kabel aufwickelte.

„Josh. Er heißt Josh. Und wenn er wollte, würde ich ... vielleicht ... auch.“

Sie lachten beide kurz auf, aber Lela spürte Lisas Skepsis.

„Leben“, sagte sie dann fast trotzig. „Oder?“

„Ja“, antwortete Lisa schnell. „Klar. Aber, immer aufpassen!“

Sie schwiegen einen Moment lang.

„Sag's mal. Bitte."

Lisa wusste sofort, was Lela meinte.

„Okay." Sie nickte leicht. „Aurel."

Ihre Stimme war nur ein Hauch und einen Augenblick lang war die Außenwelt verschluckt.

„Ja", sagte Lela dann. „Für immer."

Wahnsinn, dass es nicht wehtat. Endlich nicht mehr wehtat.

Er war fort.

Weitergegangen.

„Er ist in allem, oder?“, fragte Lisa mal. Aber das ist schon lange her. Ihr Gesicht sah merkwürdig aus, als sie das sagte.
„Wie meinst du das?“, fragte ich.
„In der Luft“, flüsterte Lisa. „Im Licht. In den Regentropfen. In Schneeflocken. Im Geräusch, wenn Nudelwasser kocht. In allem eben.“
Ich nickte. Ja, so war es. Das Land Außerhalb war eine Sache. Aber etwas war geblieben. Bei uns geblieben.
Und jetzt ließ es endlich los.
(Lela von Puldorf)

7

Lisa

Ich ging, weil Lela ja bei den aufräumenden *Erbarmungslosen* im *Moffat* blieb, alleine mit Irma, Jella und Mia weiter ins *Alles/ist/erlaubt*.

Ich war erst ein einziges Mal dort gewesen und damals hatte es mir nicht besonders gefallen. Zu laut, zu dick aufgetragen, zu viele Menschen auf engstem Raum, zu viel Deo. Aber diesmal war es besser. Ich war aufgekratzt und bester Laune. Was für ein Tag, was für ein Abend, was für eine Nacht. Aus den Augenwinkeln bekam ich mit, dass dieser Typ mit den wirren Haaren und den schwarzen Augen, den Lela von irgendwoher kannte, ebenfalls in die Bar kam. Er war wieder alleine, aber diesmal fing ich nach einer Weile wie zufällig seinen Blick auf und er lächelte mir vage zu. Oder vielleicht auch jemandem, der in meiner Nähe stand. Dann verschwand er wieder aus meinem Blickfeld.

Auch egal, dachte ich. Was will ich mit einem traurigen Typen mit traurigen Augen? – Ich will Hakan, aber Lela will ihn eben auch, fürchte ich.

Aber wer weiß, vielleicht änderte sich ja gerade alles. Immerhin war sie mit dem Riesen unterwegs.

Irma drängte sich durch das Gewühl auf mich zu und drückte mir eine blaue Flasche in die Hand. „Durst?“, schrie sie. „Aber Achtung, mitgebrachte Getränke sind natürlich bei Todesstrafe verboten, lass dich also nicht erwischen!“

Eigentlich mochte ich Sekt nicht besonders und Durst hatte ich auch keinen, aber ich trank den Prosecco trotzdem aus. Die Flüssigkeit sprudelte mir in den Mund und schäumte über. Ich hatte keine Ahnung gehabt, dass noch so viel in der Flasche gewesen war. Ich schrie auf, lachte und wischte mir den Mund ab.

Hinterher gingen wir tanzen. Hahahaha, tanzen. Sonst tanzte ich so gut wie nie. Ich habe, wie gesagt, keinen guten Draht zu meinem langen, dünnen, praktisch busenlosen Körper. Verdammt, ich bin größer als manche Männer! Aber heute Nacht war mir das egal. Und den anderen, wie es schien, auch. Ich tanzte und tanzte und tanzte. Ein großer, leicht stämmiger Typ war beharrlich, immerzu kam er mir auf der orange flimmernden Tanzfläche in die Quere. Er lächelte mir zu und einmal streifte seine Hand meinen – ahhhh! – Oberkörper. War das Zufall gewesen? Oder Absicht? Es war jedenfalls ein ... anregendes Gefühl, und das, obwohl Ingalill, ein Mädchen aus meinem Jahrgang, vor noch gar nicht langer Zeit zu mir gesagt hatte, ich könne anstelle von BHs in Körbchengröße A auch einfach nur zwei Heftpflaster auf meine Brustwarzen kleben.

Ob Ingalill heute Nacht auch hier war? Es war mir egal und das war ein gutes, berauschendes Gefühl. Was ging mich Ingalill an? Erst tief, tief in der Nacht machte ich mich auf den Heimweg. Gut, dass meine Mutter in Hamburg war. Es war beinahe vier Uhr morgens. Ich lief alleine durch die Straßen, weil mir Irma, Jella und Mia irgendwie und irgendwann abhandengekommen waren, aber das störte mich nicht. Ich summte *Totale Finsternis* und *Tot zu sein ist komisch* aus *Tanz der Vampire* vor mich hin und schrieb SMS.

Hakan? Zufällig wach?

und

Hey, Jakub! Bist du da? Oder unterwegs? Du fehlst mir!!

Ich blieb gelassen, als ich an ein paar müden, dösenden Tauben vorüberging, die aber natürlich sofort aufwachten, als sie mich hörten. Sie gurrten vorwurfsvoll. Oder freundlich. Oder gleichgültig. Gurren ist unergründlich. Es klingt immer gleich. Fühlten sich Tauben immer gleich? War das möglich? Sie gurrten, wenn man ihnen kleine Bröckchen Irgendwas hinschmiss, und sie gurrten, wenn ein Auto sie fast überfuhr, sie gurrten, wenn man nach ihnen trat oder wenn man sie übersah.

Aurel hatte Tauben, warum auch immer, gemocht.

Aber die Tauben? Gurrgurrgurr, war alles, was ihnen einfiel, als sie mitbekamen, wie ...

Aber das war vorbei.

Aurel war endlich weitergegangen.

Gott sei Dank.

Wow, sie schrieben alle beide zurück. Hatte ich sie beide geweckt? Auch egal.

Amarell? Ja! Und du scheinbar auch! Was gibt's? Warum pennst du nicht? Hast du irgendwelche schwerwiegenden Probleme? H.

Lissy, ist alles in Ordnung? Ich bin zurzeit in Paris, aber ich melde mich, sobald ich zurück bin. Versprochen! J.

So, in Paris war mein Vater? Vögelte er wieder auf dem Eiffelturm herum? Es gab schließlich massenweise Französinnen! Aber ich wollte nicht schlecht von meinem Vater denken. Vielleicht war er ja auch mal wieder in Sachen Gitarrenholz unterwegs. Er kaufte hin und wieder bis zu hundert Jahre altes Holz in der Bretagne, und um dorthinzukommen, fuhr er eben ... über Paris. Möglich war das doch. Mein Vater nahm das Gitarrenbauen sehr ernst. Früher war ich oft in seiner kleinen, vollgestopften Werkstatt gewesen. Ich erinnerte mich gerne an den Geruch dort. Holz, Leim, Sägespäne, Staub. Außerdem klebte da ein kleines Passbild von mir an der Wand. *Lissy, vier Jahre.*

„Du hast ein selektives Gedächtnis und erinnerst dich nur an die guten Dinge, die er getan hat", hatte meine Mutter mal in einem Streit zu mir gesagt. „Die schlechten verdrängst du – wie ein grottiger Politiker!"

Zu den schlechten Dingen gehörte, dass mein Vater mich schon wahnsinnig oft versetzt hatte, wenn wir verabredet gewesen waren. Manchmal erst in letzter Sekunde und noch öfter, ohne mir überhaupt abzusagen. Und er zahlte auch keinen einzigen Euro Unterhalt für mich, obwohl meine Mutter deswegen sogar vor Gericht gezogen war.

Ich wusste das alles. Aber, ganz ehrlich, was nützte es, darauf herumzureiten?

Kannst du zu mir kommen?, schrieb ich an Hakan.

WANN kommst du mich besuchen?, schrieb ich an meinen Vater.

Ich hielt einen Moment inne.

Lela? Wo steckst du? Alles klar bei dir?, schrieb ich dann als dritte Nachricht.

Die Antworten kamen in umgekehrter Reihenfolge.

Wir sind unten am Fluss. Und reden. Josh ist großartig! Ich bin haaaaaapppppyyy!

Oha.

Mäuschen, ich komme Ende der Woche! Schlaf jetzt und träum süß! La Le Lu, nur der Mann im Mond ... Du weißt schon! Küsschen, Jakub.

Sein altes Schlaflied. Meine Mutter hatte immer andere gesungen, aber er, wenn er mich dann mal ins Bett gebracht hatte, immer nur La Le Lu, den alten Heinz-Rühmann-Song, wie er ihn nannte. Und dazu hatte er seine raue, kratzige Wange an meine glatte gelehnt.

Ich lächelte seine Nachricht an und küsste sekundenschnell die kleinen, blauen iMessage-Buchstaben.

Jetzt???, schrieb Hakan. *Amarell? Was ist los? Hast du einen Schub? Oder nur einen akuten Anfall SCHLAFLOSIGKEIT?*

Meinem Vater gab ich keine Antwort mehr.

Sei vorsichtig! Spring nicht vor lauter Begeisterung mit ihm IN DIE KISTE!!, tippte ich stattdessen für Lela.

Bitte!, schrieb ich anschließend an Hakan. *Komm!*

Einen Versuch war es immerhin wert.

Ich wollte heute Nacht nicht alleine sein. Sehnte mich nach Hakans Gesellschaft.

Und Hakan hatte schließlich schon oft bei mir und Portobello übernachtet. Allerdings hatte meine Mutter eines Tages ein absolutes Fass deswegen aufgemacht und mich schwören lassen, dass Hakan und ich nichts Unüberlegtes taten, wie sie es nannte. Etwas, für das wir noch nicht reif waren.

„Oh, Mama, bitte!“, hatte ich entsetzt gestöhnt und mir die Ohren zugehalten.

Aber dann hatte ich es notgedrungen geschworen. Was blieb mir auch anderes übrig?

„Mama! Lela, Hakan und ich sind wie Boney M.! Kumpel! Beste Freunde! Wir machen doch nicht rum!“

Es hatte sie nicht restlos überzeugt, aber wir hatten schlussendlich einen Konsens gefunden: kein Sex vor sechzehn. Und ab da im Falle eines Falles nur mit Pille, Kondom, Diaphragma ... Was auch immer.

„Du willst doch schließlich den Baum der Individuation erklettern, oder?", hatte meine Mutter streng gesagt. Sie steht sehr auf C. G. Jung und seine psychologischen Theorien. „Du willst dich doch selbst entfalten? Dich verwirklichen? Na also. Und das geht natürlich nicht, wenn du mit sechzehn ein Baby von Hakan Öztürk oder sonst wem austrägst!"

Oh. Du. Hölle.

Mein Herz könnte brechen, schrieb ich mal an einem bescheuerten Nachmittag in einen neuen Collegeblock, der eigentlich für Ethik war. Ich schrieb an diesem Tag, Abend, Nacht, bis der Block voll war. Voller hingeschmierter Kulisätze *Mein Herz könnte brechen.*
(Lela von Puldorf)

8

Lela

„S... siebzehn", sagte Lela mit leuchtenden Augen. Es war nur eine kleine Lüge, aber siebzehn klang einfach besser als fünfzehn.

„Dann liegen ja glatte zwölf Jahre zwischen uns", sagte Josh und lächelte. „Mit einer Jüngeren als dir war ich noch nie unterwegs und es ist schon nach Mitternacht. Erlauben deine Eltern eigentlich, dass du so lange weg bist?"

Sie waren am Fluss, in der Luft lag Flussrauschen und typischer, rauer, herbstlicher Flussgeruch. Lela liebte eigentlich Wasser, schon ihr Leben lang. Am besten war das Meer, aber da waren sie bis jetzt nur einmal gewesen. Es war das Jahr, als Henri und Erik Delfintherapie gemacht hatten. Fast fünfzigtausend Euro hatte der Spaß gekostet und genützt hatte es in Lelas Augen kaum etwas. Erik war blind geblieben – und Henri verkorkst und verzogen und unverschämt. In diesem Sommer am Meer hatte er angefangen, sich mit der unendlichen Zahl Pi zu beschäftigen, die seitdem eins seiner bescheuerten *Steckenpferde* war, wie er seine ausgefallenen Hobbys nannte. Ein anderes, höchst ausgefallenes *Hobby* von ihm war es, in der Öffentlichkeit an seinem Pimmel herumzuspielen. Das hatte er gemacht, bis er ungefähr dreizehn war!, und es selbst – angeblich – nie so richtig mitbekommen! Sein Asperger-Syndrom sei schuld daran, erklärten die Ärzte den Puldorfs, und die Puldorfs erklärten es Lela. Und Lela? Hasste es!

Sie selbst hatte in diesem Delfintherapiesommer fast immer nur reglos und wie festgenagelt am Strand gesessen.

„Soll ich dich nicht besser allmählich heimfahren? Wird kalt, oder?“, fragte Josh in Lelas Gedanken hinein. Der Himmel über ihnen war indigoblau und voller wilder, wunderbarer Sterne.

Lela schüttelte hastig den Kopf. Würde sie es schaffen, dass Josh sie – küsste? Er war wie dafür gemacht. Er hatte mit Sicherheit eine Menge Erfahrung, er war total cool, er verstand sie und er sah obendrein gut aus.

„Hm, kannst du deinen Eltern dann wenigstens Bescheid sagen, dass du mit mir unterwegs bist und ich auf dich aufpasse und dich in absehbarer Zeit zu Hause abliefere?“

Josh lächelte sie an, und Lela dachte daran, wie er vorhin dieses Liebeslied für sie gesungen hatte. Klar, es war nur ein Improauftritt gewesen, aber trotzdem. *Küssmichküssmichküssmich.*

„Ich ... rufe meine Mutter an“, sagte sie und es klang gut in ihren Ohren. Lela tat, als tippe sie auf dem Touchscreen ihres Handys auf *Frau von Puldorf.* Sie wandte sich ein bisschen ab und schüttelte ihre Haare aus dem Gesicht.

„Hey, Mama ...“, sagte sie, nachdem sie einen Moment gewartet hatte. „Ich ... wollte nur Bescheid sagen, dass ich noch unterwegs bin. Aber keine Angst, alles ist gut. Ich bin mit einem Kumpel zusammen, der Medizin studiert und ein Auto hat und mir auch garantiert nichts tut ... Bis später also, schlaf schön – ciao!“

Sie drehte sich wieder zu Josh um und lächelte zurück. „Anrufbeantworter“, log sie und fand, auch das klang gut. „Sie wird es abhören und sich keine Sorgen machen.“

„Okay“, sagte Josh.

* * *

Er küsste sie nicht. Er berührte sie nicht mal. Aber er war nett. Er hörte zu, lachte an den richtigen Stellen, verstand, worauf es ankam, und Lela fühlte sich wohl wie lange nicht. Sie hörten dazu die ganze Zeit Joshs Musik.

Zum Schluss, als sie schon im Auto vor ihrem Haus saßen, erklärte er ihr noch die Bedeutung des *blauen Mondes,* weil auf der Abdeckung seines Handschuhfachs in goldenen Druckbuchstaben *I love Blue Moons!* stand.

„Eigentlich gibt es ja nur einen Vollmond pro Monat. Beim *Blue Moon* ist das anders – er ist ein zweiter Vollmond innerhalb eines Monats. Ein tolles Phänomen. Ich liebe den Mond. Und den Blauen besonders."

Er grinste Lela zu. „Und jetzt, tschüss, du Unermüdliche."

„Sag erst, ob wir uns wiedersehen?" Lelas Stimme war voller verblüffender Leichtigkeit. Sie legte den Kopf schief, zauberte diese beiden Grübchen in ihre Wangen und lächelte.

Josh lächelte zurück und jetzt berührte er sie doch. Er schob ihr mit warmen Fingerspitzen eine Haarsträhne aus der Stirn. „Klar, warum nicht?", sagte er.

„Und wann? Sag wann – und gib mir deine Handynummer. – Eher gehe ich nicht!"

Sie erkannte sich kaum wieder.

Josh lächelte immer weiter. „Nächste Woche, du Klette? Samstag? Da treten wir auf dem Holifestival am alten Steinbruch auf. Wenn du kommen willst? Ich würd mich freuen. – Die *Klette* nehme ich übrigens zurück!"

„Klar will ich!", sagte Lela und speicherte Joshs Nummer ein.

* * *

Danach war es wie immer. Lela lauschte für einen Moment dem leiser werdenden Motorgeräusch von Joshs altem Saab. Sie stand atmend im dunklen, stillen Garten. Geschlossene Fensterläden sahen sie an. Ein, zwei, drei Tauben gurrten. Nur dass sie ihr heute ausnahmsweise kein Herzklopfen machten. Dann kam der knirschende Kiesweg, der sie verriet. Ihre Mutter war natürlich noch wach. Lauerte ihr auf. Zog die Haustür auf, als sie Lelas verräterische Schritte hörte. Wie schnell wachte diese Frau eigentlich auf? Oder schlief sie einfach nie? War sie eine Art Untote, die immer, immer, immer da sein würde? Lela grinste vor sich hin bei diesem Gedanken. Grinste mitten in das vertraute Geschimpfe hinein.

„Lela, verdammt! Weißt du, wie spät es ist? Warum bist du wieder nicht an dein Handy gegangen? Du hattest versprochen, nachmittags nach Hause zu kommen, hast du das vergessen? Und wolltest du nicht eigentlich bei Lisa übernachten? Hast du etwa Alkohol ...?"

Lisa? Um Himmels willen, Lisbeth! Die hatte sie ja ganz vergessen! Lisbeth wartete ja auf sie. Aber jetzt war es zu spät!

Lela zuckte leicht verwirrt mit den Schultern, atmete tief durch und trat rasch über die Schwelle ins Warme hinein.

Mamageruch. Mamageruch. Mamageruch ...

„Oh, Mam", sagte sie leise und umarmte die Frau, die da im Morgenmantel vor ihr stand, mit orangefarbenen Haaren und roten Stressflecken im Gesicht. Lehnte sich an sie, inhalierte sie. Ihr Gesicht vergraben zwischen Hals und Schulter dieser fast fremden Frau.

Kindheitsgeruch. Kindheitserinnerung. Wie oft hatte sie auf Umarmungen gewartet, sich nach dem Mamageruch gesehnt, nach Mamaarmen, Mamaaufmerksamkeit, Mamaliebe?

„Bitte, Mam, entschuldige. Ich, ich habe heute einfach mal wieder komplett die Zeit vergessen – du weißt doch, wie ich bin ..."

Was eine Lüge war. Frau von Puldorf wusste so gut wie nichts von ihr. Aber das sollte ab jetzt anders, besser werden.

Es war still zwischen ihnen. Nur zweistimmiges, leises Atmen war zu hören. Dass es so einfach war. Und Lela spürte plötzlich so etwas wie Liebe zu dieser komischen Frau in sich aufwallen.

„Gute Nacht, Mam, Mam, Mam", sagte sie und machte sich dann frei. „Ich bin verdammt müde. War ein langer Tag."

Dabei war sie hellwach. Und glücklich. Und voller guter Gefühle.

Ihre Mutter hatte prompt aufgehört zu schimpfen, und Lela hatte ihre Hände an ihrem Rücken gespürt, die sie ebenfalls festhielten. Was für ein Gefühl.

* * *

Sie blieb praktisch die ganze Nacht auf, das Zimmer nur erhellt vom fahlen Licht ihres Laptops. Sie hatte das Gefühl, selbst genug Licht auszustrahlen. Sie schickte Josh eine *Facebook-Freundschaftsanfrage*, schrieb eine SMS an Lisa (*Sorry für Nichtkommen! Waaaaahhhhh! Bin aus Versehen heimgegangen! Ahhhh! Ist das zu fassen??? Hatte unsere Verabredung völlig vergessen!!! – Alles ok bei dir?)* und eine an Hakan (*Gute Nacht, Bester! Sehen wir uns morgen? Weißt du, was ein Blue Moon ist? Hab dich lieb! L.)*

Ja, das hatte sie. Sie und Hakan ... Das Problem dabei war Lisa. Ob Hakan wusste, was los war? Eine *Ménage-à-trois*, eine Dreiecksbeziehung, hieß so etwas, dieses Imkreisherumlieben. Sie und Lisa redeten vorsorglich nicht darüber, aber sie wussten beide, dass beide wussten ... Allerdings gab es jetzt, seit heute, Josh. Vielleicht, wenn Josh sie ...?

Aber Hakan? Seine dunkelgrünen Augen? Seine schwarzen, wunderschönen Haare? Sein Lachen? Die Art, wie er mit den Armen schlenkerte und sich die Sweatshirtkapuzen über den Kopf zog? Er war allerdings immer gerecht und neutral in Bezug auf sie und Lisa. Hin und wieder hatte Lela zwar den Eindruck gehabt, dass er sie vielleicht ein bisschen mehr ... Aber dann hatte sich dieser Eindruck immer wieder verflüchtigt.

Hakan war damals, als sie ihn so gebraucht hatten, genau im richtigen Moment aufgetaucht. Und seitdem da.

Er war ihr Schutzwall gegen das Land Außerhalb.

Es kamen allerdings keine Antworten mehr in dieser Nacht, aber schließlich war es auch schon drei, vier – und dann fünf Uhr nachts.

Lela schaute auf dem Bauch liegend ein paar neue Musikvideos auf Youtube, danach einen schrecklichen Hundekampf in Rumänien, bei dem sie Cleo vorsorglich die Ohren zuhielt – warum taten Leute nur so etwas Bestialisches? –, hinterher eine leicht verwackelt gefilmte Perserkatzengeburt in Polen mit vielen „Oooohs!“, und „Aaaahs!“, dazu ein Stück Reportage über Zwillingsmädchen in den USA, die mit zwei Köpfen und nur einem Körper zur Welt gekommen waren, und anschließend eine Antimobbingkampagne, die ein dicker, deutscher Junge ins Leben gerufen hatte.

Und zum Schluss den wilden Begattungsakt zweier honigfarbener Pferde in Andalusien. Der Hengst hatte einen wahnsinnig großen Penis, der wie ein peitschender Schlauch herumschwang, und den ein Mann zu guter Letzt nicht gerade sanft von Hand in die Stute einführte. Drei Männer johlten und klatschten Beifall.

Danach war Lela plötzlich nur noch müde und zittrig und merkwürdig leer. Sie starrte minutenlang auf das angehaltene Bild der beiden erstarrten, pixeligen Pferde.

Tränen tropften aus ihren Augen und sie fröstelte.

Irgendwie war, wenn man es genau nahm, doch alles zum Kotzen. Wie hatte sie das nur vergessen können?

„Scheißtauben“, murmelte Lela und zuckte zusammen beim Klang ihrer Stimme. Sie warf einen Schuh, der neben ihrem Bett gelegen hatte, gegen die Fensterscheibe. Die blöden Viecher machten es sich aber auch immer ausgerechnet auf ihrer Fensterbank bequem. Der Schuh prallte ab und krachte stattdessen auf ihren Schreibtisch. Irgendwas fiel um und polterte zu Boden.

Lela hörte, wie Erik im Nebenzimmer etwas im Schlaf murmelte und sich in seinem Bett umdrehte. Seine Bettdecke – oder er selbst – schabte dabei immer wieder gegen die dünne Rigipswand.

„Scheißleben“, murmelte Lela. Graues, fahles Frühmorgenlicht schwebte jetzt in Fäden durch die Ritzen der Fensterläden und glitt zitternd über die Zimmerwände.

Lela schloss ihre Augen.

Scheiß drauf.
(Lela von Puldorf)

9

Lisa

Er war gekommen, mitten in der Nacht noch gekommen. Mit dem Taxi. Alle Öztürks hatten ein Taxiabo.

Na gut!, hatte er zuvor gewhatsappt.

Ich freute mich wahnsinnig. Allerdings hatte er, kaum zur Tür herein, als Erstes gefragt, wo Lela war.

„Mit so einem Typ vom Improtheater unterwegs“, erklärte ich, als Hakan sich neben mich auf mein Bett warf.

„Oh“, sagte Hakan und machte ein fragendes Gesicht. Besonders beunruhigt wirkte er allerdings nicht, was mich erleichterte. Was Lela wohl gerade genau tat? Das hätte ich schon gerne gewusst. Hakan ist nur ein paar Zentimeter größer als ich.

Er kickte sich die Schuhe von den Füßen.

„Eins achtzig, Amarell“, sagt er manchmal. „Was mich in meiner Familie praktisch zum Giganten macht. Du weißt ja, wie mein Alter aussieht.“

Stimmt. Herr Öztürk war sehr klein, noch kleiner als Frau Öztürk, die ebenfalls klein war.

„Darum muss er auch so viele Öcken scheffeln – als Ausgleich für sein Zwergenwachstum. Imponiergehabeöcken, sozusagen“, erklärt Hakan manchmal in Bezug auf das gigantische Hamburgerimperium seines Vaters.

„Sag mal, hast du was genommen?“, fragte er mich jetzt ganz unvermittelt und sah mich aus nächster Nähe prüfend an.

„Äh ...“, machte ich überrumpelt.

„Ich rieche Alkohol“, sagte Hakan. Seine grünen Augen waren meinem Gesicht sehr nah, ebenso wie alles andere von ihm. „Aber da ist noch was anderes, hab ich recht?“

„Nein, ich ...“, sagte ich abwehrend.

„Komm schon, Amarell. Du bist irgendwie anders als sonst.“

„Sag nicht immer Amarell. Ich sage doch auch nicht Öztürk zu dir.“

„Tu dir keinen Zwang an. – Öztürk und Amarell zusammen im Bett, klingt doch gut!“

Er lachte leise und stieß mich an. „Aber mal im Ernst, du strahlst heute irgendwas anderes aus. Sind das nur – deine Östrogene?“ Er lachte wieder. „Oder am Ende gutes, altes Haschihaschi?“

„Was?“

„Canna, Amarell! Hat Irma Zwei euch etwa einen Joint aufgeschwatzt? Oder zwei oder drei?“

„Nein, verdammt noch mal! Du weißt doch, dass ich nicht kiffe!“

„Dann was Härteres? *Yaba*, vielleicht? Das soll ja derzeit enorm die Runde machen.“

„Yaba?“

„Jetzt spiel mir mal nicht die Unschuld vom Lande ... Yaba! Ice! Crystal – dieses Kristallkackzeug, du weißt schon!“

Ich sagte nicht ja und nicht nein. Ich sagte gar nichts und wir lagen einfach da und hörten zusammen Zufallsmusik. Hakan hat auf seinem Smartphone Tausende von Songs.

Bei Gloria Gaynors *I will survive* passierte es. Wir küssten uns. Das hatten wir noch nie getan. Nie, nie, nie.

Ich war mir immer sicher gewesen, dass er in mir nur eine gute Freundin sah, die beste vielleicht, aber dass es Lela war, die er toll fand.

Ich war mir nicht sicher, wer von uns angefangen hatte und wie genau es passiert war. Jedenfalls wendeten wir einander plötzlich die Gesichter zu und ... Er hatte raue, feste Lippen und sein Atem war warm und roch gut. Ich spürte an meiner Stirn seine weichen Haarspitzen.

Hatte ich angefangen? Fast kam es mir so vor.

Hakan lag halb auf mir und halb neben mir. Genauer gesagt lag er zuerst neben mir, dann so eng neben mir wie seit Jahren nicht, plötzlich fast etwas auf mir, dann wieder neben mir – und dann rollte er zur Seite. Er sagte nichts und ich sagte nichts. Lange jedenfalls war es still. Bis auf die Musik, die weiterlief. Ich nahm sie kaum wahr. Ich spürte nur meinen Herzschlag, meine Erregung und Verlegenheit und ein Ziehen in meinem Bauch und dazu ein Brennen in meinen Augen, die ich mal aufmachte und wieder schloss, weil ich mir nicht sicher war, was besser war. Was war los? Was war nur passiert? War etwas – schiefgelaufen? Oder war alles in Ordnung?

Irgendwann sah ich, dass Hakan den Arm auf die Augen gelegt hatte.

Okay, es war nicht in Ordnung. Aber was hatte ich falsch gemacht?

Ich rang mich zu einem leisen „Hakan?" durch. Es klang hilflos.

„Psst, Amarell", war die Antwort.

Wieder schwiegen wir. Draußen war finstere, wahnsinnig stille Nacht. Zum Glück sitzen in meinem Zimmer nachts keine Tauben auf dem Fenstersims wie bei Lela, aber diese Stille war auch kaum auszuhalten. Stille trotz dudelnder Musik.

„Sorry", sagte Hakan plötzlich und nahm den Arm vom Gesicht.

„Was – war denn?"

Meine Stimme klang immer noch idiotisch und am liebsten hätte ich meine Frage in kleine Fetzen gerissen. Wieso fragte ich? Und nach was fragte ich? Nach dem, was wir da gerade getan hatten?

„Lisa, ich ..."

Lisa? – Wann hatte er mich das letzte Mal Lisa genannt? Dieses *Lisa?* hallte in meinem Kopf wider und wider und wider.

„Lisa, ich ... ich ..."

Er rollte herum, stützte das Kinn in eine seiner schönen Hände, und war nun wieder nah bei mir. Um alles zu verkomplizieren oder um es leichter zu machen, legte er seine andere Hand auf meine, die auf der zerknautschten Bettdecke lag, und ich hatte das Gefühl, dass wir beide leicht zitterten. Er sah mich mit gerunzelter Stirn an.

„Weißt du, es gibt da ein – Problem, über das ich schon, sagen wir mal, eine Weile nachdenke."

Seine Augen hakten sich in meinen fest. „Es ist so, ich glaube, ich bin sexuell – irgendwie unentschlossen."

Sexuell? Wie? Was? – Hilfe!

Er schwieg wieder, und schaute mich halb an und halb nicht an. Seine Augen waren zusammengekniffen. Er sah anders aus als sonst und die Worte, die er sich da abgerungen hatte, hingen zwischen uns.

„Was, was meinst du damit?", fragte ich schließlich leise, weil er beharrlich weiterschwieg und immer nur mit seinen Fingerspitzen meine Fingernägel nachfuhr.

Hakan nahm plötzlich seine Hand von meiner und schlug mit ihr fest auf das Stück Bettdecke zwischen uns. „Oh Mann, Amarell, ich sage es doch! *Ich bin sexuell unentschlossen!*"

Ich schluckte. „Okay. Ver... verstanden."

Dabei verstand ich nichts. Kein Wort. Wir sahen uns stumm an.

Dann wagte ich eine neue Frage.

„Bist du – sagen wir mal allgemein sexuell unentschlossen? Oder bist du nur – mir gegenüber sexuell unentschlossen?"

Ich dachte an mein Riesenwachstum, meine unweiblichen Hände, meinen kaum vorhandenen Busen.

Ich hätte weinen können, aber ich tat es nicht. Natürlich nicht.

Hakan zuckte mit den Schultern. Immer wieder, immer wieder, immer wieder. Es sah so aus, als könne er gar nicht mehr aufhören damit. Dann schlug er plötzlich die Hände vors Gesicht. „Oh Mann, Lisa, versteh doch mal! Ich bin, verdammt noch mal, gegenüber Sex mit *Mädchen* unentschlossen."

Wir sahen uns an, Hakans Smartphone dudelte gnadenlos weiter irgendwas Englisches von Liebe, während in meinem Kopf Leere dröhnte und Hakan blass im Gesicht war.

Waaaaaaas?

Mehr sagten wir in dieser Nacht nicht. Beide nicht. Irgendwann schliefen wir, wie wir waren, ein. Angezogen. Nebeneinander. Quer auf dem Bett. Unter uns die zerknüllte Bettdecke. Einander zugewandt. Bis zum Morgen. Da drehte Hakan sich im Schlaf zur Wand und ich streichelte für einen Moment seinen Rücken.

Alleinsein geht auf Dauer nicht.
(Lela von Puldorf)

10

Lela

Hakan war untergetaucht. Zum ersten Mal, seit Lisa und Lela ihn kannten. Er kam nicht in die Schule, rief nicht an, war nicht online und sein Handy blieb beharrlich aus.

„Was hat er nur?“, fragte Lela verwirrt. Lisa schwieg.

„Also noch mal“, fuhr Lela fort. „Er hat bei dir übernachtet, er war aber irgendwie komisch, und am Morgen ist er einfach so gegangen, als du duschen warst? Ohne was zu sagen?“

Lisa nickte. Zum ersten Mal, seit sie denken konnte, war sie nicht ehrlich zu Lela gewesen. Sie hatte nicht erzählt, was in der letzten Woche zwischen ihr und Hakan vorgefallen war, und auch nicht was er hinterher zu ihr gesagt hatte. Sie wusste ja selbst nicht, was es bedeutete. Bedeutete es, dass Hakan tatsächlich *schwul* war? War es das? Lisa horchte in sich hinein. Der Bruder ihrer Mutter, der schon seit Jahren in Amerika lebte, war schwul. Er war sogar verheiratet und betrieb in New York zusammen mit seinem Mann ein veganes Lokal. Er war okay. Schwulsein war okay. Aber warum Hakan?

„Vielleicht kommt er ja heute an den Steinbruch“, unterbrach Lela Lisas Gedanken. „Wenn er mal die Güte hätte, seine Mails und SMS zu lesen. Ich habe ihm jedenfalls ungefähr tausendmal geschrieben und von diesem Holifestival erzählt.“

Lela schlüpfte in ihre Jacke. „Los, beeil dich, die beiden Irmas und Tibor holen uns gleich ab!“

Sie wühlte in ihrem Rucksack, „Ach ja, ehe ich es vergesse ...“, und zog ein kleines Tütchen aus ihrem Portemonnaie und wedelte damit. „Guckst du! Überraschung!“

Lisa hob die Augenbrauen. „Wo hast du *das* denn plötzlich her?“

„Jella und Mia!“ Lela grinste. „Wer hätte das gedacht, was?“

„Nee, oder?“ Lisa verzog das Gesicht.

„Was hast du denn? Und warum guckst du so miesepetrig?“ Lelas Finger spielten an dem Verschluss des Tütchens.

„Ich habe gar nichts, aber einmal war doch wohl genug, oder? Irgendwie war es doch nicht so toll. Und am nächsten Tag hatte ich ziemlich Kopfschmerzen.“

„Ach, ist doch nur total wenig, Lisbeth. Nur für mal so. Und einmal ist bekanntlich keinmal. Außerdem hast du dauernd Kopfweh. Das hat doch nichts hiermit zu tun!“

Sie lachte erneut und checkte ihr Handy, wie sie es in den letzten Tagen dauernd tat.

„Also, ich weiß nicht.“

Sie gingen in die Küche hinunter, weil Portobello nicht aufhörte, ihnen unruhig um die Beine zu springen. Lisas Mutter rumorte immer noch in ihrer Praxis, und Lisa und Lela hörten von dort lautes Weinen, vermischt mit kleinen, spitzen, wohlbekannten Schreien.

„Wieder diese E.T.-Frau?“, flüsterte Lela lauschend.

Lisa nickte und holte so leise wie möglich Futter für Portobello aus dem Kühlschrank.

Die E.T.-Frau war eine stadtbekannte Architektin, die aber fest davon überzeugt war, als Kind von Außerirdischen entführt worden zu sein.

„Psst“, flüsterte Lisa jetzt. Sie schlichen, begleitet von den spitzen Angstschreien der Architektin, wieder nach oben und zogen die Tür fest hinter sich zu.

„Du lieber Himmel, die kann einen ja mürbe machen", murmelte Lela. Während Lisa sich anzog, schüttete sie sich vorsichtig ein paar der weißen Kristalle in ihre zusammengeballte Faust. Oben hinein, als sei ihr zusammengepresster Zeigefinger, den ihr Daumen umgab, eine Art Becher.

„Äh, Lela?" Lisa hatte sich umgedreht.

„Jella macht das so. Witzig, oder? Und praktisch. Geht superschnell."

Sie schnupfte das weiße Gebrösel in zwei schnellen Zügen.

„Autsch. Brennt, brennt, brennt", murmelte sie und rubbelte sich mit den Fingerspitzen die Nase.

„Dann lass es doch." Lisa warf Lela einen irritierten Blick zu. „Hatten wir nicht immer gesagt, keine Dro...?"

„Mensch, Lissy, sei keine Spaßbremse", unterbrach Lela ihren angefangenen Satz und umarmte sie. Sie schnupperte an Lisas Hals. „Mmmh, du riechst gut! Bestfriendlike. Ist doch nur, weil ich gleich Josh wiedersehen werde. Und wenn ich dann wieder so lahmarschig wie normalerweise rüberkomme, lässt er mich sofort stehen!"

„Also, ich weiß nicht", murmelte Lisa.

Lela hielt ihr das Tütchen hin. „Ist noch was da! Willst du? Ist doch im Grunde nur kristallisierter Hustensaft mit ein bisschen Jod und so. Jella sagt, sie kennt sogar den Typen, der es herstellt. Er ist Student und macht das bei sich zu Hause. Aus Kinderhustensaft! Nicht wahnsinnig gefährlich, oder?"

Lisa hob die Augenbrauen. „Lela, du weißt, dass das Blödsinn ist."

„Und wenn schon." Lela lachte und schaute ungeduldig aus dem Fenster. „Mir geht's gut damit und ich hab das im Griff! Mir fallen, wie du siehst, auch keine Zähne aus, oder so ..."

Sie klapperte mit den Zähnen und zeigte ihr Gebiss, das, keine Frage, perfekt war. „Und ich seh nicht krank aus, oder? Mich macht es nur ein bisschen glücklich, Lissy. *Glücklich! Glücklich! Glücklich!*

Findest du nicht, wir haben auch ein bisschen Glück verdient? Mal wieder? – Nach all dem Scheiß."

Sie gingen aus dem Haus und Lela summte eine Melodie aus dem Tanz der Vampire.

„Und sonst? Wie läuft's zu Hause?", fragte Lisa, weil von den beiden Irmas und Tibor weit und breit noch nichts zu sehen war.

„Frag nicht", sagte Lela und warf einen Blick auf ihr Handy. „Frau von Puldorf ist schlimmer als die Pest! Und H & E? Das glaubst du mir nicht, wenn ich es dir erzähle ... Echt nicht!"

„Was denn?"

„Stell dir vor, die beiden Schwämme haben doch plötzlich *beide* irgendwas am Laufen. Ist das zu fassen? – Okay, Eriks Tussi ist auch blind und von seiner Schule und so, und ich gönne sie ihm, aber Henris macht tatsächlich bei *Jugend forscht* mit! So eine Kleine, Verbissene! Aber sie sieht nicht schlecht aus und neulich wurde sie sogar fürs Fernsehen interviewt! Für eine Wissenschaftssendung. Ich frage mich, was so eine mit so einem wie *Henri* will?"

Lela schüttelte den Kopf, tippte gleichzeitig *Komme gleich! Freu mich auf dich!!!* in ihr Handy und schickte die Nachricht, nachdem sie sie Lisa gezeigt hatte, an Josh Blickle.

„Heute wird was passieren, Lisbeth! Das schwöre ich dir!", sagte sie, gerade als Tibors Fiesta hupend am Ende der Straße auftauchte. „Heute Nacht werde ich Sex haben! Das spür ich! Ich bin so weit! Heute Nacht ist nämlich der geile Anfang vom Rest meines Lebens!"

Sie umarmte Lisa fest.

Es fühlte sich gut an.

Bestefreundinnenfest.

No risk, no fun.
(Lela von Puldorf)

11

Lisa

Obwohl der Steinbruch von Leuten wimmelte, sah ich Hakan fast sofort. Komisch, dass das möglich war. Er musste also wenigstens ein paar von Lelas tausend Nachrichten gelesen haben. Als wir aus dem Auto stiegen, lehnte er auf jeden Fall am Rand des Parkplatzes an einem krummen, alten Baum, um dessen Stamm eine Schlaufe des rot-weißen Parkarealabsperrbandes geschlungen war, und schaute etwas unsicher vor sich hin. War er tatsächlich ganz alleine gekommen? Hakan war ein großer Waldfestefan, von jeher, aber so ganz alleine?

„Hi", sagte ich zögernd, als ich ihn erreichte. Hakan stieß sich mit dem Fuß vom Baum ab und kam mir langsam entgegen. Ich wünschte mir plötzlich sehnlichst, schöner zu sein. Lelas Gesicht zu haben. Und dazu einen Körper wie Irma Eins, bei dem alles stimmte. Vielleicht würde Hakan ja dann ...?

„Hakan Öztürk! Verschollener!", schrie Lela, die ihn in der Zwischenzeit ebenfalls entdeckt hatte, jubelnd, kam angerannt und umarmte ihn so heftig, dass er beinahe ins Wanken geriet. „Du Idiot! Du absoluter *Megaidiot*! Wir dachten schon, du wärst tot, oder so. Wo warst du denn die ganze Zeit, verdammt noch mal?"

Hakan lächelte vage und grüßte in die Runde. Sein Blick flackerte in meine Richtung. Und dann wieder in Lelas. Er sah alles andere als entspannt aus. Überlegte er, ob ich ihr gesagt hatte, was er mir anvertraut hatte?

Was hatte mein selten anwesender Vater mal über ihn gesagt?

„Dieser Hakan sieht aus, als fühlte er sich ziemlich häufig unbehaglich. Was hat er?“

War da etwas dran? Ich dachte an die Zeit, als wir uns kennengelernt hatten.

Dieser Winter. Eis, Schnee, Kälte, grauer Himmel, schreckliche Wolken, dazu die grässlich gurrenden Tauben und Herr und vor allem Frau Buxtehude. Damals gab es ihren kleinen, quelläugigen Kläffer natürlich noch nicht. „Trauerbewältigung“, hatte meine Mutter mir mal erklärt. Und dann Hakan, der plötzlich – irgendwie schüchtern – dastand und von einem Fuß auf den anderen trat. Es war, als wäre er für uns gekommen. Extra für uns. Um uns wieder – komplett zu machen. Und um das Land Außerhalb mit uns zu bewachen. Damals waren wir sieben Jahre alt.

„Amarell?“

Er sah cool aus, aber er war nicht cool. Er war ... er war einfach nur er. Und er war der beste Mensch, den ich kannte. Gut aussehend. Groß. Ernst. Klug. Teil meines Lebens.

„Hm?“

Sogar bei diesem Laut wackelte meine Stimme. Ich war wirklich zu nichts zu gebrauchen. Nicht nur nicht zum Küssen.

„Tschuldigung ... wegen letzter Woche ...“

Er lief jetzt dicht neben mir, so dicht, dass sich unsere Arme beim Laufen berührten.

„Ist schon okay“, antwortete ich leise, weil er nichts weiter sagte.

Lela war irgendwo im Gewimmel der Leute verschwunden. Untergetaucht. Auf der Suche nach dem Rest ihres Lebens, wie es schien. Dieses Zeug gab ihr einen enormen Auftrieb.

„Die *Erbarmungslosen*, ja? Sucht sie diesen Typen, den sie da aufgetan hat? Sie ist irgendwie komisch drauf, oder?“

Hakan versuchte ein Grinsen, das nicht so ganz glückte. Er wusste nicht, wie nah er dran war an der Wahrheit.

Mein Herz klopfte unruhig. Verdammt, was war los mit mir? Hakan war mein Kumpel, weiter nichts. Dazu kam das, was er mir letzte Woche anvertraut hatte, auch wenn es mir immer noch nicht in den Kopf wollte.

Wir hatten mittlerweile den Stand erreicht, an dem drei ziemlich bekifft wirkende Leute kistenweise das berühmt-berüchtigte Holipulver verkauften. Sie waren weiß und im indisch angehauchten Stil gekleidet und lachten die ganze Zeit. Komisch, dass sie es auf diese Weise überhaupt schafften, Umsatz zu machen.

„Tja, die Inder feiern ihr Holifest, wenn der Frühling beginnt", sagte Hakan und schaute für einen Moment hinauf in den dämmrigen, wolkigen Herbsthimmel. Er kaufte eine Handvoll der bunten Tütchen. „Das Zeug hier ist Gulal. Habe ich gegoogelt."

„Gulal?", wiederholte ich und nahm Hakan ein Tütchen ab, das er mir entgegenhielt. Es war leuchtend pink und fühlte sich an wie Mehl. Mein Leben schien in der letzten Zeit von Tütchen mit Irgendwasdrin bestimmt zu sein.

„Ja, gefärbte Maisstärke. – Hast du es Lela eigentlich gesagt?"

Hakan gab seiner Stimme einen beiläufigen Ton. Er stopfte mir, während er fragte, die Jackentaschen voller bunter Tütchen.

Ich wusste sofort, was er meinte, und schüttelte den Kopf. Hätte ich mir ja denken können, dass er sich vor allen Dingen Gedanken darüber machte, was Lela über ihn denken würde.

Ich war auf einmal todtraurig.

Was wollte ich noch hier? Mich mit Hakan *amüsieren*? Wie sollte das funktionieren? Und wo waren überhaupt die anderen geblieben? Ich wollte nicht mit Hakan alleine sein. Er und ich? Was blieb uns noch nach diesem missglückten, idiotischen, bescheuerten Kuss?

„Guck mal, der Ennemann", sagte Hakan in diesem Moment und deutete auf unseren Ethiklehrer. „Auch so ein Cannafan und vermutlich schon wieder zugedröhnt bis sonst wohin!"

„Echt, jetzt?"

Hakan nickte. „Wusstest du das nicht? An seiner alten Schule ist er wohl mehrfach aufgeflogen. Es gab da sogar diesen geflügelten

Pausenhofsatz: *Lasst doch euren Joint nur an – es ist ja nur der Ennemann.* Nie davon gehört?"

Ich schüttelte den Kopf. Mein Ethiklehrer kiffte und die Leute wussten davon? Andererseits, warum nicht? Eine Menge Leute rauchten Marihuana, mein Vater auch, und er sagte immer, Cannabisrauchen sei auch nicht schlimmer als ein Glas Wein trinken. Meine Mutter fand es natürlich das Letzte, dass Jakub Haschisch konsumierte. Sie meinte, er sublimiere damit nur seine vielen zwischenmenschlichen Defizite, und der Tag, an dem er mich zum Kiffen auffordern würde, sei sein garantierter Todestag.

Wie man sieht, schlummern auch in ihr massenhaft negative Energien, die es mal wegzuschreien gälte!

Zum Glück stießen wir in diesem Moment zu den anderen. Irma und Irma und Tibor, dazu Jella und Mia, und eine Menge andere Leute, die ich aus der Schule kannte. Ingalill (igitt!) und ihre beste Freundin Kaja (ebenfalls igitt!), fiese, überhebliche Weiber, die in allem perfekter waren als ich: mehr Busen, mehr Selbstbewusstsein, mehr Erfahrung, mehr Klamotten, mehr, mehr, mehr.

Und da war auch Lela wieder.

Sie lachte laut mit Jella und Ingalill. (Mit Ingalill? Was war das denn? Sonst lachten wir *nie* mit Ingalill!) Trotzdem war irgendwas mit ihr. Das Lachen war aufgesetzt.

„Alles in Ordnung?", fragte ich sie leise.

„Dieser bescheuerte Improtheaterfuzzi hat eine Freundin", erklärte Lela knapp und trank kleine Schlucke aus einer Flasche O-Saft. Auch die anderen hatten O-Saftflaschen in den Händen. Im Gras zwischen ihnen stand allerdings eine geöffnete, halb volle (halb leere?) Wodkaflasche.

„Dieser Josh?", fragte ich zurück. Hakan hatte sich nicht zu uns gesellt, er war weitergeschlendert, warum auch immer. Hatte er jetzt Angst vor mir? Oder einfach nur keinen Bock mehr auf einen Haufen wie uns?

Lela nickte. „Ja. Aber egal. Diese Tussi, die ihn da die ganze Zeit öffentlich abknutscht, ist bestimmt schon dreißig, wenn nicht älter! Er hat sie mir sogar *vorgestellt*! Haha! ‚Das ist übrigens meine Freundin Jasmin, Lela ...', hat er gesagt!"

Lela lachte verächtlich. „Was für ein bescheuerter Name! Und was für ein bescheuerter Reinfall, echt!"

Sie schnitt eine Grimasse.

Irma Zwei, Mia und Tibor rauchten. Irma Eins hielt Händchen mit einer Unbekannten. Sie beachteten uns nicht weiter und schlenderten schließlich davon. Warum war Irma Eins (vielleicht lesbisch, mit auch nicht viel Busen gesegnet und schnittlauchglatten Haaren) nur so selbstbewusst und ich dagegen so eine unfähige Niete? Woran lag das? Was war falsch an mir?

„Canna?", fragte Lela in diesem Moment die anderen. Sie beugte sich vor, deutete auf die kleine Pfeife in Jellas Hand, und sah fröhlich und doch nicht fröhlich aus.

„Nee, Ice", gab Mia grinsend zurück. „Was sollen wir jetzt mit Canna? Canna machen wir später. Zum Runterkommen. Jetzt ist Ice-Zeit!"

Sie inhalierte tief. „Wahnsinn!", japste sie. „Mann, ich liebe diese ersten Minuten!"

„Okay", sagte Lela. „Gib mal rüber. Ich will auch!"

Diesmal machte ich, warum auch immer, mit. Jella war es, die mir die kleine Pfeife schließlich reichte, und ich nahm sie. Der erste Zug brachte mich zum Husten und die anderen lachten, aber innerhalb von Sekunden wurde es besser. Was war schon dabei? Es fühlte sich wahnsinnig gut an und es würde mich schon nicht umbringen. Jella, Mia und die anderen brachte es ja auch nicht um. Keinen von ihnen. Alle sahen gesund und munter und gut aus.

„Ich rauche viel lieber, als dass ich schnupfe", sagte Mia glücklich. Die anderen nickten.

„Wo ist eigentlich Haki?", fragte Lela irgendwann und schaute sich suchend um. Ihre Augen leuchteten jetzt. Sie warf die Haare aus der Stirn.

Keiner wusste es.

„Der sieht ja echt wahnsinnig gut aus“, sagte Mia. „Ich stehe unheimlich auf südländische Typen. – Wo kommt er her? Iran?“

„Nein, er ist Türke, beziehungsweise Extürke. Und, hey, er gehört mir! Also, Finger weg! Das gilt, verdammt noch mal, für alle hier!“

Sie sah mich an. Und nicht an. Und wieder an. „Du weißt das, oder? – Lisbeth? Nun sag doch mal was! Und nicht sauer sein, okay? Es ist einfach so, Haki und ich ...“

Jella schaute prüfend zu uns. Zuerst zu Lela. Dann zu mir. Dann wieder zu Lela. Es sah aus, als schaue sie einem Tennismatch zu.

„Und *sie* will ihn auch, oder was?“ Jella deutete ungläubig auf mich. „Einmal Liebe, zweimal Liebe, dreimal Liebe? – Hey, dann macht's doch einfach zu dritt! Dann gibt's keinen Zoff und Typen stehn drauf, hab ich gehört.“

Lela und ich starrten uns stumm an. Was wurde das hier?

„Oha? Liebe? Drama? Zusammenbrech? Schluchz?“, rief Kaja und wedelte mit einer Hand zwischen unseren Gesichtern herum.

„Ach, nee jetzt, kein so Liebesschnulzenkram! Kommt, machen wir lieber das gute, alte Penis-Penis-Penis-Spiel! Wo sind Spießer, die wir schockieren können?“, rief Ingalill, hakte sich im Sitzen bei Lela ein und reckte suchend den Kopf.

Als wir gleich darauf über die Wiese schlenderten, fanden wir welche, wobei man kaum schlendern konnte, so voll war es.

„Da!“, sagte Kaja und wir ließen uns ins Gras fallen wie Geschosse.

„Achtung, passt doch auf!“, regte sich sofort eine Frau auf und warf uns vorwurfsvolle Blicke zu. Sie war Teil einer perfekten Gruppe Mittdreißiger bis Mittvierziger, die auf ordentlich ausgebreiteten Decken saßen. Mit warmen Jacken, die über ihren Schultern lagen, lauschten sie der Livemusik auf der Open-Air-Bühne, die jetzt nach den *Erbarmungslosen* gespielt wurde.

Adrenalin! Leben! Genießen! Glücklich sein!
(Lela von Puldorf)

12

Lela

Es war der Wahnsinn. Lela hatte das Gefühl zu schweben. Noch nie, nie, nie, nie, nie war sie so glücklich gewesen. Die Sache mit Josh? Unwichtig! Wer war sie, so einem müden Typen hinterherzuhängen? Sollte er mit dieser Jasmin in die Kiste hüpfen, sooft er wollte! Sie würde es ihm nicht verübeln. Sie wollte im Grunde doch sowieso nur Hakan.

„Los geht's!", flüsterte Kaja. „Ich fang an. – Penis."

Ihre Stimme war kaum mehr als ein Flüstern.

„Penis", sagte Ingalill etwas lauter, aber immer noch ging das Wort komplett im Lärm des Steinbruchs unter.

„Penis!", trötete Jella und lachte laut dabei.

„Penis!"

„Penis!"

„Penis!"

„Penis!"

Sie überschrien sich längst. Die Frauen auf den ausgebreiteten Decken sahen herüber.

„Echt, jetzt", sagte eine von ihnen genervt. „Was soll der Blödsinn eigentlich?"

„Penis!", brüllte Kaja.

„Was soll der Mist? Könnt ihr nicht woanders bescheuert sein?", fragte eine andere Frau.

„Ist dir das Wort etwa peinlich?", schoss Ingalill zurück. „Bist du vielleicht frigide, oder was? Penis, Penis, Penis! Was ist denn dabei? – Verklemmte Kühe!"

Lachend rannten sie davon.

Lela schaute sich suchend um. Jetzt war nicht nur Irma Eins weg, Irma Zwei war ihnen auch abhandengekommen.

„Oh, mein Gott, ich hätte nicht so oft ‚Penis' schreien sollen, jetzt will ich ficken!", sagte Kaja und schlang ihre Arme um sich selbst. „Wo sind die heißen Typen?"

Hinter ihren Rücken färbte sich die Welt bunt. Das Holipulver kam zum Einsatz. Die Welt war ein Feuerwerk. In jeder Hinsicht.

„Wuwuwu!", schrie Mia und sprang in die Luft. „Ich liebe Holis!"

Lela und Lisa sahen ebenfalls atemlos zu, und hinterher sahen sie sich an, aber irgendwie schafften sie es nicht, den Blick zu halten.

„Glücklich?", flüsterte Lela schließlich. Das, was sie da vorhin über Hakan und sich gesagt hatte, schien weit weg.

Lisa sah sie nur an. Hakan? Egal! Sie wollte am liebsten die ganze Welt umarmen! Der Wald roch so gut. Nach Abenteuer, Verheißung, Zukunft, Leben. Wonach roch ein Wald eigentlich genau? Erde, Wurzeln, Harz, Weihnachten, Wild, Laub, kleinen Käfern, Regen, Sonnenschein, Pfützen. Die ganze Bandbreite eben.

Aurel ... hatte Wälder auch gemocht. Letztlich war genau das sein Verhängnis gewesen. Aurel, Aurel, Aurel.

Warum hatten sie nicht ferngesehen an diesem Nachmittag? Dann wäre alles anders gekommen.

„Da ist ja Irma", sagte Kaja in diesem Moment. „Klar, bei den heißesten Steinbruch-Tschechen untergekrochen!"

Sie lachte, und dann rannten sie über die kleine Lichtung hinter dem Steinbruch. Hier war es dunkler und kühler, aber wunderschön. Lela atmete tief ein beim Rennen. Die Typen, bei denen Irma untergekrochen war, wie Kaja es nannte, hatten einen alten VW-Bus dabei. Dabei waren Autos im Wald streng verboten.

Aber was war nicht alles verboten?

Jemand spielte Gitarre, in einem zerbeulten Blecheimer brannte ein kleines Feuer. Helle Funken tanzten in der Luft, die schwach nach Spiritus roch.

Irma und einer der Typen küssten sich, schienen ineinander zu verschmelzen.

„Ich will auch!“, rief Kaja. Die Typen lachten und gleich mehrere streckten die Arme aus.

„*Pojd'!* Super! *Vezmu te!*“, riefen sie.

„Man kann Paprika wie Äpfel essen“, sagte ich.
„Was?“, fragte Lisa.
Aufdemschlauchsteh! Aufdemschlauchsteh! Aufdemschlauchsteh!
Aber echt!
„Na, einfach abbeißen, statt umständlich Streifen schneiden! Einfach rundrum essen und das Kerngehäuse übrig lassen, wie bei einem Apfel eben!“
Verdammt, manchmal dauerte es, bis man auf die einfachsten Dinge kam.
Abbeiß. Abbeiß. Abbeiß.
(Lela von Puldorf)

13

Lisa

„Und jetzt?“, flüsterte ich. Irgendwie war das alles eigenartig. Ich fühlte mich gut, aber nicht ganz da. Das war garantiert dieses Crystal Meth in mir. In uns allen. Das spürte ich deutlich. Wie waren wir hierhergekommen? An dieses Feuer? Zu diesen Typen? Wer waren sie? Wie spät war es? Warum war es schon nach Mitternacht? Wo war die Zeit geblieben?

Haaaaaaaallo, Zeit?

„Ha, ich lasse das Leben auf mich regnen“, antwortete Lela mir. Scheinbar mir. Hatte ich sie etwas gefragt? Und wenn ja, was?

„Was tust du?“, fragte ich verwirrt.

„Das Leben auf mich regnen lassen. Das hab ich mal irgendwo gelesen. Klingt doch gut, oder?“

Sekunden später ließ sie sich von einem der Typen, die dort massenweise herumlungerten, umarmen. Wie war sie denn an den geraten? Hatte ich etwas verpasst? War das tatsächlich Lela? So kannte ich sie, verdammt noch mal, gar nicht. Warum ging das alles so schnell? Wie machte sie das?

Der Typ war stämmig und riesig und er zog Lela einfach so an sich und streifte ihr spitzes, blasses Kinn mit seinen Lippen. Ich sah es genau.

„Lela?", rief ich – leise? laut? –, aber sie hörte nicht auf mich. Sie war mit diesem Typ beschäftigt, kroch in seine Arme, seine Nähe. Irma und ihr Tscheche waren dafür flüsternd im Wald untergetaucht. Was taten sie dort? Ich war mir nicht sicher, ob ich es wirklich wissen wollte. Dabei hatte der Typ nett und hübsch ausgesehen. Eine Art Zac-Efron-Typ. Warum ging er gleich so zur Sache?

Ich hörte die Küsse zwischen Lela und diesem riesigen Tschechen. Es war wie Schmatzen, Saugen. Es klang – nass.

Langsam drehte ich mich um und wich gleichzeitig ein paar Schritte zurück, aber es kam mir nicht langsam vor. Ich hatte das Gefühl, herumzuschießen und zurückzustolpern. Oder doch nicht? Es fühlte sich wahnsinnig unbeholfen an und ich kämpfte für einen Moment um mein Gleichgewicht. Meine Hände waren kalt wie Eis und kribbelten merkwürdig. Keiner kam mir zu Hilfe. Sogar hier, sogar jetzt, blieb ich mal wieder übrig. Jella, Kaja und Ingalill saßen ums Feuer und tranken etwas. Sie beachteten mich nicht. Kaja wurde, wie es aussah, von zwei Typen gleichzeitig gestreichelt. Sie lachte leise und schob ihre Hand unter das Hemd des einen. Ihr Kopf lag dabei im Schoß des anderen. Der sagte wohl etwas in Bezug darauf und deutete auf seinen Schritt. Er machte ein paar anzügliche Bewegungen mit dem Becken und verdrehte die Augen. Die Typen lachten auf.

„Ich glaub, ich gehe besser", sagte ich zu niemand Bestimmtem. Und, wie zu erwarten, hielt mich niemand auf.

Verdammt, Lela, was war hier los? Warum gehen wir nicht zusammen?

* * *

Ich saß auf einem Stein und kratzte grünen Moosbelag von einem anderen Stein ab, warum auch immer. Vorher hatte ich eine Weile vergeblich versucht zu telefonieren.

Zuerst Hakan. Wo immer der schon wieder steckte, was auch immer er tat, jedenfalls ging er wieder mal nicht an sein Handy. „Geh ran, geh ran, geh ran", murmelte ich. Aber nicht mal die Mailbox meldete sich.

Dann Lela – auch Fehlanzeige. Bei ihr wusste ich wenigstens, wo sie war und was sie tat. War heute also tatsächlich der Anfang vom Rest ihres Lebens? Würde sie es tun? Eine komische Gänsehaut überlief mich, ich fröstelte, auf meinem Handydisplay flackerte der Empfang.

Zum Schluss probierte ich es bei meinem Vater.

„Bin leider verhindert! Aber mein AB hört gerne zu", sagte seine Stimme charmant. Dieses Charmante galt ganz sicher nicht mir, so viel stand fest, diese Schmachtstimme war für seine Tussis.

„Jakub? Paps?", redete ich trotzdem nach dem obligatorischen Pieps los. „Warum ist das alles eigentlich so gekommen? Warum musstest du Cosima belügen und betrügen? War dir ganz egal, wie weh du ihr damit getan hast? Und mir? Warum hast du überhaupt eine Familie gegründet, wenn du dann schlussendlich überhaupt keinen Bock darauf hattest? Kannst du mir das mal verraten? Und weißt du, wie es sich anfühlt, zu spüren, dass man nur lästig ist? Hakan hat einen Vater, Lela hat einen, Kaja auch, sogar Ingalill, die blöde Kuh! Und Irma Eins und Irma Zwei! Überall Väter, bis zum Abwinken und bis man kotzen könnte! – Was ist mit mir? Mit mir und dir? – Du Arsch! Du fieser Typ! Du Megaarsch! Du megafieser Typ."

Ich gab auf, das war doch alles sinnlos, und schleuderte mein bescheuertes Handy, ohne die Verbindung zu unterbrechen, weit von mir. „Du bist ein Arschloch, Jakub Amarell, weißt du das?", schrie ich in die Nacht und es tat gut zu schreien. Mit einem Rascheln versank mein Smartphone in einem Laubhaufen. Ich atmete auf. Sollte es dort verrotten! Am besten in Gesellschaft meines gleichgültigen Vaters. Ich lachte leise und war kein bisschen traurig, was ein gutes Gefühl war.

Danach tat ich eine Ewigkeit überhaupt nichts. Und dann begann ich eben das Moos von dem Stein neben mir abzukratzen.

„Hey, du", sagte plötzlich eine Stimme. Hinter mir? Vor mir? Neben mir? Ich hob den Kopf und erkannte ihn. Es war dieser Typ aus dem *Moffat*. Der einsame An-der-Tür-Steher mit den wirren Haaren und den dunklen Augen, den Lela von irgendwoher kannte.

„Hallo", erwiderte ich knapp. Mir war nicht nach Reden.

„Ganz – alleine hier?"

„Nach was sieht's denn aus?"

Wow, war ich unfreundlich.

„Warum bist du nicht bei den anderen geblieben? Deinen – Freundinnen? Ich hab dich mit ihnen gesehen."

Er sprach ein gebrochenes, aber nett klingendes Deutsch.

„Was geht dich das an?"

„Nichts."

„Eben."

Ich stand auf und ging ohne ein weiteres Wort durchs Unterholz davon. Unter meinen Füßen knackten kleine Zweige und herabgefallene Tannenzapfen und altes Laub. Ich liebte diese Geräusche. Als Kleinkind war ich in einem Waldkindergarten gewesen. – Zusammen mit Aurel.

Ärgerlich fuhr ich jetzt herum. „Folgst du mir etwa?"

„Ja. – Ja, ich denke – schon."

„He, geht's noch?"

Ich ging weiter und beschleunigte meine Schritte.

Krsch – krsch – krsch ich. Krsch – krsch – krsch er.

Wieder warf ich einen Blick zurück. Sofort blieb er stehen, mit hängenden Armen sah er mich an.

„Was wird das? Hörst du auch mal wieder auf, mir hinterherzulaufen?“

„Ich, ich denke, nein“, sagte der Typ mit einer Art Lächeln.

Unverfroren. Oder nett. Oder, keine Ahnung. Wahnsinnig, vielleicht?

Ich sah verschwommen die Zeitungsschlagzeile des nächsten Tages vor mir:

Wahnsinniger Drogenjunkie mit wirren Haaren und käferschwarzen Augen ersticht Fünfzehnjährige im Wald!

Komisch, dass ich kein bisschen Angst hatte.

„Ich ... heiße übrigens Vojtech“, sagte der Typ in diesem Moment. „Und ich bin *Der Goldene* aus Malícov! Vielleicht hast du mich ja schon mal gesehen?“

„Als würde man mit einer Mauer sprechen!“, schrie meine Mutter. Frau von Puldorf. Die Dicke. Die Doofe. Die dauermüde Dauerüberseherin.
Komm schnell rein in mich, dachte ich abgelenkt und überhörte Frau von Puldorfs Geschimpfe.
Komm schnell rein in mich. So hatte es angefangen – letzte Nacht. Ich und der Typ am Steinbruch. Dabei wusste ich nicht mal seinen Namen. Marek? Tarek? Oder völlig anders? Im Grunde war es egal.
(Lela von Puldorf)

14

Lela

Was für eine Nacht! Was für eine Hammernacht! Sie war total drauf. Und total happy! Sie war wie eine Königin aus einem Märchen. Keine schnöde Prinzessin! Nein, nichts da! Eine Königin! Endlich stimmte alles!

„Seelische Vernachlässigung sieht man nicht“, hatte sie mal zu Hakan gesagt. Was ihn und sie betraf. Sie waren beide Übersehene. Im Gegensatz zu Lisa. Lisa hatte Cosima, die sie über alles liebte. Und ihren komischen Vater, der zwar ein Drecksack war, sie aber dennoch liebte. Auch wenn Lisa sich weigerte, das zu sehen. Lela sah es. Jakub Amarell, der Gitarrenbauer und Journalist, war nicht mit Herrn von Puldorf, dem Investmentbanker, zu vergleichen. Ganz sicher nicht!

Der Typ umarmte sie gerade. Küsste sie. Sie fühlte sich wie die geschnitzte Gallionsfigur am Bug eines Schiffes und hörte ihren eigenen Atem. Stoßweise. Alles in ihr war Aufregung, Erregung und Anspannung. Der Typ schob sie gegen einen Baum, während er sie küsste. Sie atmete seinen Atem und er atmete ihren. Sie musste lachen davon, und der Typ streichelte sie mit seinen Händen unter ihrem Pulli.

„Okay?", fragte er leise.

Lela nickte und fuhr dafür mit beiden Händen durch seine Haare. Er roch nach Tabak und Schweiß und Mannsein. Er war ganz, völlig, absolut anders als Hakan.

Ihre Brustwarzen richteten sich auf.

„Okay?", fragte der Typ wieder.

Und Lela nickte wieder.

Er presste sich an sie, und sie spürte, wie ihr flau vor Erregung wurde. Woher wusste sie, wie alles ging? Tausendmal hatte sie sich diesen Moment, Augenblick, Tag vorgestellt. Wann würde er sein? Wie würde er sein? Würde sie alles richtig machen? Würde er je sein? Sie hatte bezweifelt, ernsthaft bezweifelt, dass es ihr jemals gelingen würde, einen Mann zu erregen. Was war schon Begehrenswertes an ihr? Was? Was, um Himmels willen?

Der Typ zog mit fliegenden Händen an ihren Kleidern. Und an seinen. Die Luft im Wald schien den Atem anzuhalten.

Oh! My! God!, dachte Lela. Hatte er ein Kondom dabei? Würde es zum Äußersten kommen? War es jetzt so weit? Ende des Monats würde sie sechzehn. Na, bitte.

„Okay?", flüsterte er unterdessen erneut und sah sie aus allernächster Nähe an. Er war so groß, wie sie klein war. Aber sie war längst kein Kind mehr. Nie hatte sie sich mehr als Frau gefühlt als in diesem Moment. Es war wie Wellen am Meer. Die Erregung krachte gegen sie wie riesige, laute, schäumende Riesenwellen, die mit voller Wucht an Felsen prallen und dort in tausend Tropfen zerstoben.

„Komm – schnell – rein – in – mich", hörte sie sich sagen. Ihre Hände zerrten an ihm.

War das wirklich sie? Hatte sie das gesagt? War das ihre Stimme? Ihr Atmen? Sie klang, als würde sie einen Marathon laufen.

Lela von Puldorf, die eine gänzlich neue Lela von Puldorf war.

Neugeboren, aus einer Art Kokon geschlüpft. Wie ein Schmetterling.

„Okay, ja? Du ... willst?“, sagte der Typ und fasste sie gleich darauf ungehemmt an, so, als kenne er sie schon ewig. Seine Finger eroberten sie bereits.

Lela nickte und gab sich hin. Wieder und wieder und wieder.

Wahnsinn! Etwas, was man nicht lernen musste. Etwas, was man einfach so konnte.

Endlich war sie sie. Sie spürte sich selbst. Von Kopf bis Fuß. Fühlte jede Pore, jeden Zentimeter Haut in sich und an sich. Endlich war sie richtig. Einzig. Einzeln.

„Okay?“, fragte der Typ hinterher und vorher und hinterher, und umarmte sie wieder und wieder.

Irgendwo gurrten wie verrückt Tauben.

„Ja, alles okay“, flüsterte Lela in sein Ohr, als alles erneut begann. Lela hatte das Gefühl zu fliegen. Weit aufzusteigen. Bunt und frei und mutig.

Schmetterling, Butterfly auf Englisch. Papillon auf Französisch. Kelebek auf Türkisch. So viel wusste sie.

„Was heißt Schmetterling auf Tschechisch?“, fragte sie irgendwann.

„Keine Ahnung“, sagte der Typ, der sie im Arm hielt, und lachte. Auf seiner Stirn glitzerten Schweißtropfen, was schön aussah. „Ich bin aus Moskau, Kleinchen. Schmetterling? Ist *Babochka*!“

Ich sehe – Bakterien! Und Insekten! An mir! An mir!
(Lela von Puldorf)

15

Lisa

Zeitfenster in der Welt. Zeitfenster, die sich öffneten und schlossen. Die man übersah oder denen man hinterherjagte wie verrückt. Eigene, kleine Zeitfenster. Und größere, die mehr Menschen als nur einen selbst betrafen. Demente-Großmütter-Zeitfenster. Vater-bekommt-neues-Kind-mit-neuer-Frau-Zeitfenster. Alltagszeitfenster. Mathearbeitzeitfenster. Wo-steckt-Hakan-dauernd?-Zeitfenster. Was-ist-mit-Lela?-Zeitfenster.

Fünfzehn sein. Sechzehn sein. Schule. Wochenende. Reisen. Besuche machen. Ausweichen. Hinterherrasen. Alleine sein. Unter Menschen sein. Lachen. Weinen. Ausharren.

Hakan, Vojtech und ich.

Lassen Menschen sich so leicht austauschen? Von dem Gedanken bekam ich eine Gänsehaut.

„Er ist so eine schwache Persönlichkeit – er bastelt sich mal wieder neu", sagte meine Mutter in Bezug auf meinen Vater, seine neue, feste Freundin Merle und den ungeborenen, männlichen Fötus, der im nächsten Jahr auf die Welt kommen würde. Ihre Stimme klang traurig. Warum fand *sie* eigentlich niemanden mehr? Ich wünschte ihr jemanden, der sie mochte. Außer mir selbst, meine ich.

„Sie wird sterben", sagte mein Vater in Bezug auf seine demente Mutter und nahm mich und Merle, ohne uns vorher Bescheid zu sagen, dass wir zu dritt fahren würden, zu einem Abschiedsbesuch nach Berlin mit.

„Sie hat sich total verändert, oder?", sagte Hakan in Bezug auf Lela. Vojtech zuckte mit den Schultern. Klar, er kannte sie ja nicht, hatte sie nur ein paar Mal auf dem Mondscheinbazar aus der Ferne gesehen, wenn er *Der Goldene* war.

„Du hast da schon wieder Gold in den Ohren", sagte Hakan grinsend, wenn Vojtech kam, um *mich* zu besuchen. Wieder waren wir ein Dreieck. Das schien mein Lebensmuster zu sein. Aurel, Lela und ich. – Ich, Lela und Hakan. – Und jetzt Hakan, ich und Vojtech. Seit der Nacht im Wald, als er mir hinterhergelaufen war.

„Was willst du eigentlich von mir?", hatte ich ihn irgendwann gefragt, weil er immer wieder anrief oder vor der Tür stand.

Zuerst sah er mich nur an in diesem Moment.

„Bitte sag", beharrte ich. Er war mal wieder vorbeigeschneit nach ein paar Stehstunden in der Fußgängerzone. Er war noch golden, aber verschmiert golden. Und erschöpft golden. Es regnete und er sah irgendwie sehr müde aus.

„Ich weiß nicht", sagte er schließlich. „Du hast einfach etwas, das ich – mag."

Er lächelte und fuhr sich durch die goldbesprühten, harten Haare. Sie knisterten leise, dieses Geräusch wiederum mochte ich.

„Sag mal deine Lieblingsstadt, dein Lieblingsland, deinen Lieblingssong, deinen Lieblingsfilm ...", sagte Vojtech als Nächstes. Er sagte oft Sachen, die mich überraschten. Und sein Akzent berührte etwas in mir.

Ich hatte die Stirn gerunzelt, aber Vojtech sah mich gespannt an. Der Regen wurde stärker, wir standen in unserem verwilderten, winzigen Vorgarten.

„Lisa? Deine Stadt ...?"

Seine goldenen Fingernägel schimmerten.
„Prag“, hatte ich schließlich gesagt. Vojtech lächelte.
„Land?“
„Tschechien.“
„Song?“
„*I'm a Believer*. Uralt. Kennt nie jemand.“
Er lächelte wieder. „Film?“
„*A Beautiful Mind*.“
So machten wir weiter. Vojtech liebte dieses Spiel. Und wir hatten tatsächlich Übereinstimmungen. Lieblingsbuch, Lieblingsblume, Lieblingsessen, Lieblingsgewürz, Lieblingswohnstockwerk, Lieblingshaarfarbe, Lieblingsjahreszeit, Lieblingswetter, Lieblingsuhrzeit, Lieblingstagtraum, Lieblingsgeschäft, Lieblingsobst, Lieblingsbilligfernsehshow, Lieblingsklamotten, Lieblingserinnerung, Lieblingsfamilienangehöriger ...
„Du bist verrückt“, sagte ich irgendwann und musste lachen.
Und dann sang er den Anfang von *I'm a Believer* für mich.
Da küssten wir uns. Kurz, hastig und mitten im strömenden Regen.
So waren wir das neue Gefühlsdreieck geworden, Hakan, Vojtech und ich. Einmal waren wir eine ganze Nacht lang zusammen U-Bahn gefahren, weil die Stimmung zwischen uns so verquer war und wir uns nicht entscheiden konnten, wer wo mit wem übernachten sollte, und es darum ließen.
Seit ich Vojtech kannte, ging ich ebenfalls ab und zu auf die tschechischen Nachtflohmärkte in der alten Schnapsfabrik. So änderten sich die Zeiten. Lela ging dafür nicht mehr hin. Aber Hakan schloss sich mir, wenn ich ihn denn mal erreichte, an. Wir fuhren, in Ermangelung eines Autos, mit einem ziemlich klapperigen Überlandbus dorthin, und Cosima hatte erlaubt, dass ich an diesen Samstagen mit Hakan bei Vojtech und seinen Großmüttern übernachten durfte, wenn wir denn den letzten Bus verpassten.
„Ist da eigentlich etwas zwischen euch? In irgendeiner Konstella-

tion?“, hatte sie mich vorher gefragt. „Müssen wir über Verhütung sprechen, Lisa?“

„Nein“, sagte ich schnell. „Da ist nichts. Wir sind alle nur Kumpel.“

Ich fühlte mich wackelig, während ich das sagte.

„Ich dachte, du magst keinen Trödelkram“, sagte Irma Zwei, die auch überall ihren Senf dazugeben musste.

Es stimmte, mir lag nicht viel an staubigem, ausrangiertem Krusch, und ich ging nur wegen Vojtech dorthin. Ich mochte es, wenn er golden war. Fast den ganzen Abend saß ich einfach auf einer alten Weinkiste, die Arme um die Knie geschlungen, und schaute ihm zu.

„Du bist verliebt in ihn, gib's zu“, sagte Hakan einmal, sah mich merkwürdig an und drückte mir einen vegetarischen Mondscheinbazardöner in die Hand.

Er und ich. – Die beiden von Lela Zurückgelassenen. Unser missglückter Kuss. Sein komisches *Ich-bin-sexuell-unentschlossen*-Geständnis. Warum war das Leben so voller Unausgesprochenem? Jemand hatte zum Beispiel an die Wand vor dem Aufgang zu den Naturwissenschaftsräumen *Hakan Öztürk ist ein TOMGIRL!!* gekritzelt. Auch darüber verloren wir kein Wort. Hakan hatte schlicht „Kacke!“ geschnauzt, gegen die betreffende Wand getreten, und den Satz in der nächsten Pause grob mit schwarzem Edding übermalt Daneben hatte er FUCK! geschrieben.

„Quatsch“, sagte ich nicht ganz ehrlich, denn ich war schon in Vojtech verliebt.

Vojtech hatte mich ausgesucht. Seit dieser Nacht, in der er mich im Wald aufgegabelt hatte, gehörte er zu meinem Leben.

Einmal, als es regnete, kam er ohne Vorankündigung zu mir. „Regen“, sagte er lächelnd und lehnte sein Rad an den Gartenzaun. Ich hatte eine alte, schlabbrige Jeans an und ein dazu passendes, mindestens ebenso schlabbriges T-Shirt. Meine Haare waren glatt in einen zerzausten Pferdeschwanz nach hinten gebunden. Ich hatte nicht mit Besuch gerechnet.

„Schön siehst du aus", sagte Vojtech und wieder küssten wir uns im Regen. Einmal mehr war ich froh darüber, dass Cosima so viel unterwegs war. Dieser Kuss war anders, als der letzte es gewesen war. Er dauerte länger und hinterher sahen wir uns lange an.

„Puh …", murmelte Vojtech und fügte etwas auf Tschechisch hinzu, das ich nicht verstand. Aber irgendwie doch verstand.

Sollten wir …? Würden wir …? Jetzt …?

„Vojtech …", sagte ich leise. Meine Stimme klang wackelig.

„U-Bahn fahren?", schlug er vor.

Ich nickte und schob meine Hand in seine.

Das Leben war eine Baustelle, echt.

Hakan, Vojtech, Lela, ich. Mir war schwindelig von dem, was zurzeit alles ablief.

Und dann auch noch diese anstehende Gedenkfeier unserer Nachbarn, von der in den letzten Tagen in der Straße alle sprachen. Was sollte das denn, um Himmels willen?

Ich spürte einen Kälteschauder und zog meine Bettdecke fest über mich.

Wie soll ich das

ertragen? Kann mir das mal

einer sagen?

(Lela von Puldorf)

16

Lela

Eine Goaparty im Wald.

Schade, dass Maksim nie mehr gekommen war. Nicht Tarek, nicht Marek. Er hieß Maksim und war Mechatroniker, was immer genau das war. Kaja und Ingalill hatten das herausgefunden. Und sie waren es auch, die nachgehakt hatten, warum Maksim nicht mehr auftauchte nach dieser einen Nacht am Steinbruch während des Holifestivals.

„Oh, Maksim? Viel unterwegs, viel Stress, viel Arbeit. Er muss ranklotzen, Geld verdienen, versteht ihr?"

Sie hatten gelacht und von Maksims Freundin und seinem kleinen Pseudokruppbaby erzählt.

„Dabei ist Maks erst zweiundzwanzig. Da schon Kind haben? Und dauernd Krankes? Bekloppt! Aber hey, ist er selbst schuld! Kondomfeind!"

Sie lachten wieder.

Lela hatte kein Wort gesagt. Sie fühlte sich verletzt und ausgenutzt und hatte darum eigentlich auch keine Lust auf die spontane Feier im Teutoniawald gehabt.

„Versink jetzt bloß nicht in Trübsal“, hatte Kaja warnend am Telefon gesagt. „Es gibt noch andere tolle Typen! Massenweise, Lela! Man muss sie nur aufgabeln.“

Lela saß im Schneidersitz auf dem riesigen Ledersofa im Wohnzimmer. Bis eben war das Haus noch leer gewesen. Nur darum hatte sie sich ins Erdgeschoss gewagt. Aber gerade waren ihre Brüder und ihre Mutter nach Hause gekommen. Invasionsartig. Erik hatte seine blinde Freundin im Schlepptau, Henri seine blonde.

Okay, und sie selbst war einem grobschlächtigen, zweiundzwanzigjährigen Russen auf den Leim gegangen, der sich einen Dreck aus ihr machte und bereits Frau und Kind hatte. Verdammt, das konnte doch alles nicht wahr sein. Warum war sie immer der Depp der Familie?

Lela kniff die Augen zusammen. Sie hatte das Gefühl, dass deutlich weniger Sauerstoff im Raum war, seit die anderen aufgetaucht waren. Lela schnappte nach Luft und stand hastig auf, um nach oben zu flüchten.

Was sollte sie hier unten? Das Einzige, was passieren würde, wäre, dass ihre Mutter sie unter Garantie auffordern würde, für alle den Abendbrottisch zu decken. Klar, *sie*. Sie hatte ja auch sonst nichts zu tun. Sie war die Übrig gebliebene, die dicke Wurst, der Trampel der Nation und der Dienstbote des Hauses.

Henris Freundin lächelte ihr zu und schob sich eine helle Haarsträhne aus den Augen. „Hi, Lela.“ Dabei stand sie vor Henris bescheuerten Sternen, die er mal an die Wand über dem riesigen Ledersofa geklebt hatte. Bescheuerte, fluoreszierende Metallsterne in der bescheuerten Anordnung des bescheuerten Spiralnebels Andromeda. Es war zum Kotzen, wirklich. Hätte sie vielleicht einfach so ein Heavy-Metal-Plakat ins Wohnzimmer kleben können? Oder auch nur *Den Wanderer über dem Nebelmeer* von Caspar David Friedrich, ihr Lieblingsbild? Niemals, so viel stand fest. Das Wohnzimmer war eigens von einem Innenarchitekten eingerichtet worden.

Alles war Ton in Ton und passte zusammen. Alles bis auf Henris Sterne.

„Was machst du eigentlich für dieses *Jugend forscht*?", fragte Lela zum Zerreißen angespannt im Vorbeigehen.

Die Blonde lachte. Wie hieß sie noch? Vanessa? Tamara? Linda? Lela konnte sich beim besten Willen nicht erinnern.

Vielleicht-Vanessa-vielleicht-Tamara-vielleicht-Linda fummelte unterdessen weiter an ihren Haaren herum, schob eine andere blonde Strähne hinters Ohr und holte sie von dort wieder hervor. „Das ist echt zu kompliziert, um es auf die Schnelle zu erklären – sorry", sagte sie und setzte sich selbstbewusst auf das Sofa, von dem Lela eben aufgestanden war.

Ob sie eigentlich wusste, wie es um Sweet-Henris Lebenserwartung stand?

Und da kam auch schon, was kommen musste.

„Lela? Könntest du bitte eben den Tisch ...?"

Ihre Mutter sah, keine Frage, müde aus. Müde und erschöpft, und so, als sei sie kurz vor der Auflösung begriffen. Aber, bitte sehr, wann hatte sie im Grunde je anders ausgesehen?

„Nein, SORRY, bin verabredet. Schlafe bei, bei Kaja", murmelte Lela, floh nach oben und verriegelte ihre Zimmertür. Mit bebenden Fingern durchwühlte sie ihre unterste Schrankschublade und suchte nach den Resten des aktuellen Tütchens Ice, das Jella und Mia letzte Woche mitgebracht und dagelassen hatten, und schüttete es auf die geballte Faust. Jella nannte die Kristalle *Glass*, Mia sagte liebevoll *Piko*, während Kaja und Ingalill immer von *Hard Pep* sprachen. Vielleicht traf Hard Pep es am besten!

Verdammt, Lela war nicht naiv. Absolut nicht. Sie passte auf. Sie hatte die Sache im Griff. Wie die anderen auch. „Sauber drauf!", sagte Kaja oft lachend. Aber sie wollte eben auch nicht durchdrehen. Sie wollte einfach nur etwas Spaß am Leben haben. Weiter nichts.

* * *

Im Wald war es dafür schön.

Komm doch auch!, hatte sie an Lisa gesimst. Und an Hakan. Nicht: „Kommt doch auch!“ Nein, sie bat sie lieber einzeln. Warum auch immer.

Lisa/Lela/Hakan. Wo waren die alten Zeiten geblieben?

„Dickejackenwetter, der Winter naht. Schnee, Eis, Weihnachten“, sagte Kaja in diesem Moment und umarmte Lela von hinten. „Was stehst du hier so alleine rum? Los, wir rauchen gerade eine!“

Lela nickte, ging mit und nahm im Kreis der anderen einen ersten, tiefen Lungenzug. Danach hielt sie lange die Luft an.

Fröhlich sein ... glücklich sein ... frei sein.

Spaß haben.

Mist vergessen.

Sie begann zu lachen.

„Na also“, sagte Mia. „Geht doch.“

Ich lasse das

verdammte Leben auf

mich regnen. Aber so was

von!

(Lela von Puldorf)

17

Lisa

Eine *Unzeit*. Anders konnte man es nicht nennen. Höchstens noch Mistzeit. Zerfledderzeit. Komischesgefühlzeit. Wie man es auch drehte und wendete, alles lief in eine falsche Richtung.

Was war nur los?

Hakan?

Sorry, keine Zeit ..., schrieb er, als ich ihm eine WhatsApp schickte. Anders war er nicht zu erreichen. Verdammt, nach und nach begann ich diese ewigen Handynachrichten zu hassen.

Wieso? Was hast du denn vor?, tippte ich dann trotzdem.

So dies und das, Amarell. Ich erklär's dir ein andermal, okay?

Blöde Handywelt, echt. Ich vermisste seine Stimme. Seine reale Anwesenheit. Sein altes, gutes Lachen. Seine alte, gute Laune. Schlicht unser altes, intaktes Zusammensein.

Vojtech? Den vermisste ich fast noch mehr. Blöder Tscheche mit blöden, tiefschwarzen Augen. Und Strubbelhaaren. Er trug immer komische, ausrangierte Punksachen, aber er sah trotzdem gut aus.

Und roch gut. Und hatte so eine intensive Art zu schauen. Mit langsamem Lidschlag. So als sorge er sich nicht nur um seinen kleinen Bruder, sondern um noch viel mehr. Seine Großmütter? Seinen Vater? Am Ende mich? – Die ganze Welt? Ich blickte nicht durch, seit wir uns in dieser Nacht im Wald getroffen hatten, als ich durch Crystal Meth schräg drauf gewesen war und er mir durch den Wald nachgelaufen war, mich begleitet hatte.

Vojtech? Wo steckst du? Ich erreiche nur deine Mailbox! Den ganzen Tag schon!

Vermutlich war er bei seinen Großmüttern untergetaucht, denn es gab schlimme Neuigkeiten von seinem kleinen Bruder. Ondrej steckte wohl noch tiefer im Schlamassel als bisher angenommen.

Ondrej Gefängnis!! In Astana/Kasachstan. Hat V. gefunden und so geschlagen!!! Mist! Mist! Mist! Verhaftet. Weinte am Tel. Melde mich! Pass auf dich auf! Vojtech, hatte mir Vojtech via WhatsApp geschrieben.

„V" musste Vater bedeuten. Oh Hölle. Was war nur los zurzeit?

Ich mochte Vojtechs Großmütter. Zuerst hatte ich es nicht kapiert, aber nach und nach war mir die Sache klar geworden. Ich hatte einfach angenommen, dass Vojtechs Großmütter die Mütter seiner toten Mutter und seines davongelaufenen Vaters seien, die sich – warum auch immer – zusammengetan hatten, in einem gemeinsamen Rumpelhaus lebten, und gemeinsam für ihren schwarzäugigen, sanftmütigen Enkel sorgten, der die Schule geschmissen hatte und als *Der Goldene* sein Geld verdiente. Aber Vojtech erzählte so dies und das und irgendwann fiel der Groschen: Vojtechs Oma Tereza war so stammbaummäßig seine richtige Oma und seine zweite Oma Anezka war schlicht Terezas *Frau.*

„Dabei hat sie auch Kinder, sieben Stück sogar", hatte Vojtech lächelnd erzählt. „Aber jetzt ist sie eben mit meiner Großmutter zusammen. Sie lieben sich. Punkt."

Hakan hatte wie ein begossener Pudel am Tisch gesessen und Vojtech zugehört. Er schien seine Worte zu inhalieren und ich wagte an diesem Abend lange nicht mehr, ihn anzuschauen. Warum auch immer. Na ja, zum Beispiel nagte an mir allmählich der Verdacht, dass ich nicht die Einzige war, die ein Faible für Vojtechs schwarze Augen und so weiter hatte.

* * *

Lela?

Lela fehlte mir genauso, wie Hakan mir fehlte. Die gute, alte Zeit zerfledderte. – Wieder mal.

Mein Vater schuf sich Neues, meine Oma hatte uns alle – und inzwischen, wie ich gehört hatte, auch sich selbst – komplett vergessen und war auf traurige, verwirrte Weise dabei zu sterben.

Regenbogenbrücke. Ein Wort der Erwachsenen für den Moment des Sterbens. – Glaubten sie daran? Oder fanden sie einfach, dass es – gut klang? Harmlos und bunt für einen Moment, der in Wirklichkeit Angst einflößend war.

Land Außerhalb. Lelas und meine Worte für dasselbe.

Ein komisches, spannungsgeladenes Gefühl kroch über meine Haut und beschleunigte meinen Herzschlag.

Dazu lag in der Diele diese Einladung der Buxtehudes, Blödsinn, der Schmidts, zur ... Gedenkfeier. Ein kleines Bild war darauf abgebildet. Ich sah es vorsichtshalber nicht an.

* * *

Und meine Mutter? Sie war, wie immer, viel beschäftigt und viel unterwegs.

Du Unermüdliche!, schrieb ich ihrem Handy diesmal nach Leipzig hinterher. *Übertreib's nicht! Wann kommst du nach Hause?*

Sie schrieb zurück, dass sie Sonntagabend wieder da sein würde. *Fühl dich umarmt! Und iss genug! Hörst du? Grüße an Lela, Hakan und Vojtech!*

Ich zog eine Augenbraue nach oben. *Grüße*? Wie denn, bitte

schön, wenn ich hier die ganze Zeit alleine herumhockte? Ich hatte schon massenweise ferngesehen, war auf Facebook gewesen und hatte sogar mit meinen Cousinen aus Köln gechattet. Allmählich ging mir die Einsamkeitspuste aus. Ich war mal wieder die Vergessene, aber das war ja nichts Neues.

„Komm, Portobello", sagte ich schließlich seufzend und nahm ihn mit in den Teutoniawald. Lela würde dort sein. Das hatte sie mir geschrieben. Wir sahen uns so verdammt selten in der letzten Zeit. Wenn ich den Abend mit Lela verbringen wollte, würde ich bestimmt Mia, Jella und die anderen in Kauf nehmen müssen. Aber das war es mir wert.

* * *

Lela schrie vor Freude, als ich kam.

Sie waren auf einer Grillwiese in einer Talsenke, jemand hatte ein Lagerfeuer in der Feuerstelle gemacht, das großartig, lichterloh und sehr heiß brannte. Cleo war tatsächlich auch da, und Portobello freute sich, sie zu sehen.

Es waren noch mehr Hunde auf der Wiese und sie sprengten und rasten davon, ehe jemand sie daran hindern konnte. Oder wollte.

„Hey, Lisbeth!", rief Lela und riss mich fast um, als sie mich umarmte. „Ist Hakan auch gekommen?"

Die Frage schoss förmlich aus ihr heraus.

Ich schüttelte den Kopf und musste erst mal eintauchen in den Lärm und die Musik und die vielen Leute, die sich hier zusammengerottet hatten.

„Wir spielen gerade was Todkomisches!", erklärte Lela und hakte sich fest bei mir ein. „Komm, mach mit! Es ist dieses, dieses, Dingsraten! – Werbinichraten!"

*Tod*komisches? Lela benutzte das Unwort? Ich spürte ein Ziehen im Bauch.

Auf Kajas Stirn klebte *Dornröschen*, auf Jellas *Lady Gaga*. Mia war

Marilyn Monroe, Ingalill hatte ein Post-it auf der Stirn, auf dem in großen Lettern HAKAN ÖZTÜRK stand. Irmas Persönlichkeit konnte ich beim besten Willen nicht entziffern, Jeffrey, der in Bio neben mir saß, war der einzige Typ in der Runde, und er verkörperte *Elvis Presley* und auf Jolinas Stirn stand eindeutig *Liza Amarell*. Mit einem lachenden Smiley daneben.

Ich runzelte die Stirn.

„Es ist sooo lustig, Lisbeth", japste Lela und plumpste neben mir ins Gras. „Und ich bin sooo wahnsinnig froh, dass du gekommen bist!"

Sie stieß meine Fingerspitzen an, dann meine Faust ...

Ich seufzte, aber dann machte ich mit. Fingerspitzen, Fingerspitzen, Faust, Faust, in den Ausschnitt gucken, in den Ausschnitt gucken. Hinterher küsste Lela mich auf den Mund. Ziemlich lange und heftig sogar.

„Liebe! Süße! Beste!", flüsterte Lela. „Was brauchen wir Männer, was?"

Sie lachte laut auf und setzte sich anschließend wieder neben mir zurecht. – Hatte sie in dieser Nacht eigentlich mit diesem großen, vierschrötigen Typen? Oder hatte sie nicht? Wie kam es, dass ich das nicht wusste? Was war passiert mit uns? Und unserer Freundschaft? Hatten wir nicht immer alles voneinander gewusst?

„Weitermachen. Lela! Du bist dran!", riefen Kaja, Ingalill, Mia und Jella in diesem Augenblick ungeduldig im Chor.

Auf Lelas Stirn klebte jetzt *Frau von Puldorf*. Aus den Augenwinkeln hatte ich gesehen, wie Irma ihr grinsend den Zettel angeklebt hatte.

Oh, oh ...

„Haha, okay", sagte Lela. „Lebe ich?"

„Ja!", schrien alle.

„Super! Bin ich eine Frau?"

„Ja!"

„Bin ich ein – Filmstar?"

„Nein!"
„Schade. Bin ich trotzdem prominent?"
„Nein!"
„Sehe ich wenigstens gut aus?"
„Nein! Ja! Nun ja. Es geht!"
„Hä?" Lela machte ein verwirrtes Gesicht. „Was denn nun?"
„Weiterraten!", riefen die anderen. Ich gab keinen Ton von mir.
„Lebe ich in Amiland?"
„Nein!"
„Oh, etwa in Good-old-Germany?" Lela verzog das Gesicht. „He, ich wollte doch jemand Tolles sein!"
Lachen.
„Ja, Deutschland!", rief Irma.
„Etwa hier in der Nähe?"
„Ja!"
„Oha! Gehe ich auf unsere Schule?"
„Nein!"
„Frag mal, ob du schon Kinder hast!"
„Und, hab ich?"
„Jaaa!"
„Oh my god! Kinder, echt?"
„Frag mal, ob's eine Mehrlingsgeburt war?"
Lela zuckte zusammen und ihre Augenlider flatterten einen Moment. Ich hörte sie einatmen und ausatmen.
„Nee, oder?", sagte sie schließlich.
Die anderen lachten.
Ich überlegte, ob ich nach Lelas Hand greifen sollte, die plötzlich fahrig zwischen ihrem angewinkelten Bein, meinem Arm und dem winzigen bisschen Decke zwischen uns hin und her zuckte. Aber dann tat ich es doch nicht.
„Haha – Frau von Puldorf? Ich bin *Frau von Puldorf*?", schrie Lela plötzlich.
Die anderen lachten wieder. „Richtig geraten! Wuwuwu!"

„Okay!" Lela zupfte sich den kleinen, hellgrünen Zettel von der Stirn und betrachtete ihn einen Moment, wie er an ihrer Fingerspitze klebte, ehe sie ihn zurück an ihre Stirn pappte.

„Dann bin ich außerdem dick, dumm und hässlich." Ihre Stimme klang vergnügt und nicht vergnügt zur gleichen Zeit. „Haha, ich wabbele und schwabbele! Ich schnauze meine einzige Tochter an, denn die finde ich zum *Kotzen*! Dafür schmuse ich mit meinen beiden Babyjungs, denn das sind echte Schätze! Den Rest des Tages weine und lamentiere und klage ich! Außerdem habe ich einen feinen, kleinen, geheimen Vibrator in meinem Nachttisch, mit dem ich ..."

„Lela!", sagte ich hastig. Die anderen lachten unterdessen lauthals und schlugen sich auf die Knie und ins Gras.

„Was ist? Was hast du, Lisbeth? Das ist die schnöde, harte Wahrheit! Ich hab das Ding neulich erst gefunden! Und alles andere stimmt doch auch! Warum also nicht mal laut aussprechen, hm?"

Wir sahen uns an. Und nicht an. Und wieder an.

„Lela", sagte ich leise. Und bittend. Nur wusste ich selbst nicht genau, worum ich eigentlich bat.

„Was?", fragte Lela gereizt.

„Ich weiß nicht. Du bist verändert. Hast du wieder?"

Lela verdrehte bei meinen Worten die Augen. „Oh. My. God. – Lisbeth, echt, dein Zweitname ist ganz eindeutig Spaßbremse! Voll nervig und verbohrt!"

„Ich meine es ernst, Lela", sagte ich noch leiser. Verdammt, warum erreichte ich sie nicht?

„Lisbeth Amarell! Hallo? Wo ist der Bus?"

„Der *Bus*?" Ich verstand kein Wort.

„Ja, exakt! Der Bus! Mit den Leuten drin, die's interessiert!"

Damit ließ sie mich stehen.

Was ist dabei? *Aurel starb*! Na und? So was kommt vor! Henri von Puldorfs Leben stand mehr als einmal auf der Kippe. Fallot'sche Tetralogie, schwere Herzmissbildung ... blablabla ... So what? Und im verdammten Zweiten Weltkrieg starben über fünfundsechzig Millionen Menschen! – Also, was machen wir uns eigentlich einen Kopf, Lisbeth? Echt!
(Lela von Puldorf)

18

Lela

Sie war nicht blöd. Nicht auf den Kopf gefallen. Nur die Sache mit diesem Russen Maksim war blöd gewesen. Was hatte sie sich bloß dabei gedacht? Ein Schnellfick, hatte Ingalill es lachend genannt. – Andererseits, sie war jetzt keine Jungfrau mehr. Sie hatte es getan und es war – okay gewesen! Fast schön, eigentlich. Aufregend. Und besser, als nur alleine an sich herumzuspielen, was Lela immer peinlich war, was sie aber trotzdem nicht wirklich lassen konnte.

Hakan, Hakan, Hakan ..., dachte sie. Es war schön und tat gut, an ihn zu denken. Hakan mit seinen warmen, braunen, guten Augen, den weichen, schwarzen Haaren. Er trug immer schwarz, von Kopf bis Fuß, und er sah auf diese Weise aus wie mit Kohle gezeichnet. Irgendwie weich, aber trotzdem kantig. Weich, kantig und groß. Lela schloss die Augen und dachte an Hakans hohe, glatte Stirn, an seine geschwungenen, schwarzen Augenbrauen. Und an seine schwarzen Wimpern, die lustig kurz, aber wahnsinnig dicht waren.

Sie war zu Hause. In der Festung Einsamkeit, wie sie das Haus ihrer Familie letzte Nacht mal wieder betitelt hatte, als sie mit ein paar Freundinnen und Armin, einem Typ, mit dem sie gestern *Ice* geschnupft hatten, um die Häuser gezogen war. Armin hatte sie mitfühlend angesehen, gelächelt und etwas wie „So schlimm?" gesagt. Genau konnte Lela sich nicht erinnern, aber sein Mitgefühl hatte ihr gutgetan. Wenn sie gestern Nacht auch alles andere als bemitleidenswert gewesen war. Sie hatten eine Hammernacht gehabt und so gelacht, dass Kaja sich im *Schon schön* fast in die Hose gepinkelt hatte. Lelas Handy war voll mit neuen, verrückten Bildern. Auf einem zeigte Jella ihre Brustwarze. Und auf einem anderen leckte Irma Zwei das Ohr von Tibor, dem Bruder von Irma Eins. Und Armin leckte Irma Zweis Ohr. So Sachen eben. Aber natürlich auch andere, völlig harmlose Bilder.

Ausnahmsweise war sie heute zu Hause. Es war ein schnöder Sonntag und Lela fühlte sich merkwürdig ausgelaugt und schläfrig. Okay, die Nacht war aber auch lang gewesen.

Außerdem juckte seit Tagen ihr Gesicht, dabei war da nichts. Zuerst hatte sie einen Schreck bekommen und gedacht, dass jetzt vielleicht die Hautprobleme anfingen, weil sie in der letzten Zeit ziemlich viel *Ice* geraucht hatte. Aber zum Glück war da nichts. Sie sah aus wie immer. Nur ihr Gesicht juckte eben. Kinn, Stirn, Wangen. Es fühlte sich an wie lästige Mückenstiche. Aber da war nichts. Nichts zu sehen.

„Was ist, hast du Flöhe?", fragte H. genervt und sah von seinem Laptop hoch. Er chattete mit *Hochbegabten*! War das zu fassen? Es gab echt nichts, was es nicht gab. Er und seine Freundin Vielleicht-Linda-vielleicht-wie-auch-immer chatteten beide in irgendwelchen Hochbegabtenforen herum, als würden sie dafür bezahlt.

„Schnauze, Einstein", murmelte Lela.

„Jaja, Frau Schlechtelaune", schoss Henri zurück. „Oder soll ich lieber Frau Cannabis oder Frau Sonstwelchedrogen zu dir sagen?"

Lela drehte ihren Kopf träge in seine Richtung. Da saß er, dünn, käsig, lockig, selbstgerecht. Mann, Mann, Mann.

„Red keinen Scheiß, *Ha Punkt*, okay?"

„Ich weiß es von Larissa und die ...“

Ah, so hieß Vielleicht-Linda-vielleicht-wie-auch-immer also. Larissa! *Larissa Klugscheißerin!* Lela hätte gerne mal gesehen, wie die beiden sich befummelten. Murmelten sie wissenschaftliche Formeln dabei? Zahlenreihen? Mathematische Gleichungen? Lela grinste in sich hinein und seufzte genervt. Warum war sie eigentlich so matt und abgespannt? Und was hielt sie nur hier unten im bescheuerten, anthrazitfarbenen Designerwohnzimmer, seit Henri und sein brummendes Laptop den Raum beherrschten? Warum floh sie nicht wie sonst nach oben?

„Was weiß deine Einsteintussi schon?“, murmelte sie und kratzte sich das Kinn.

„Du kratzt schon wieder. Und Larissa kennt da einen Jul“, sagte Henri und seine Stimme klang immerhin freundlicher als ihre. „Und der wiederum ist wohl ein Kumpel von einer Jella. Tja. Es geht eben rum. Du knallst dir die Birne zu. Und das angeblich nicht zu knapp.“

„Blablabla“, sagte Lela und ließ ihren Kopf nach hinten an den Sessel sinken. Oh Mann, sie hatte nicht mal die Energie, sauer zu werden.

„Pass bloß auf, *El Punkt*!“, sagte Henri mit einem schiefen Grinsen im Gesicht.

„Jaaah, Klugscheißer“, murmelte Lela müde und machte sich, als gleich darauf ihre Mutter mit Henris Tabletten ins Wohnzimmer kam, doch noch türenschlagend aus dem Staub.

* * *

Die Tage, die kamen, zogen sich wie Kaugummi. Lisa war in Berlin, auf der Beerdigung ihrer tschechischen Oma, Hakan ließ sich nicht in der Schule blicken.

Meld dich doch mal! Was hast du? Wo steckst du?, schrieb Lela ihm via WhatsApp und hatte das ungute Gefühl, den Draht zu ihren besten Freunden irgendwie verloren zu haben. Verdammt! Verdammt! Verdammt! Wie hatte das nur passieren können?

An Hakans Spind hatte jemand in Riesenlettern *Blas mir einen, Tunte!* geschrieben. Lela übermalte es gründlich mit Edding. Was für ein Bullshit.

„Schwul oder bi, das ist hier die Frage", gab Kaja ihren Senf dazu, als der bescheuerte Satz schon so gut wie ein schwarzer Balken war. Sie musste ihn also vorher schon registriert haben.

„Hakan? Schwul? Bi? Wo hast du denn diesen Quatsch her!", sagte Lela ärgerlich und steckte den Edding in ihre Tasche.

„Na, man hört eben so dies und das", gab Kaja zurück. „Ist das bei Türken nicht eine *Todsünde*? Schariamäßig und so? Schwanz-ab-mäßig?"

„Hakan ist Deutscher", sagte Lela und fuhr mit ihren Zähnen ein paar Mal über ihre Unterlippe. Trocken, rau, aufgesprungen. Aber es lenkte von Kajas *Unwort* ab, und das war gut. „Heizungsluft, Klimaanlagen – da kriege ich es jeden Winter mit der Haut", sagte sie und zupfte sich winzige Hautfetzen von der Lippe. Es ziepte leicht, was unangenehm und angenehm war. Hauptsache, es fing nicht an zu bluten.

„Du bist voll blass."

„Ja. Noch ein Winterleiden." Lela zuckte mit den Schultern. „Das Winterleiden aller Rothaarigen. Darum hasse ich diese Haarfarbe auch. Sobald die Sonne weg ist, werden alle Rothaarigen wie auf Knopfdruck käsig."

„Och, du Arme." Kaja grinste. „Morgen Abend bei mir?", wechselte sie das Thema. „Ich habe komplett sturmfrei. Meine Eltern sind in Dubai. Armin kommt übrigens auch. Er hat nach dir gefragt. Er steht auf Rothaarige, sagt er."

Armin? Dieser Typ von vorletzter Nacht? Der war garantiert schon Ü30. Lela hatte er entfernt an Josh, den Medizinstudenten der *Erbarmungslosen* erinnert, mit seinen scharfen Falten um den schmalen Mund.

„Wie Robbie Williams", hatte Jolina ihr ins Ohr geflüstert. „Und den würde ja wohl auch keine von der Bettkante stoßen, oder?" Kichernd hatte sie Lela in die Seite gekniffen. „Hey, abgenommen?", fügte sie im nächsten Moment erstaunt hinzu. „Große Titten, schmale Taille? Super, echt!"

Komisch, wie sich die Dinge entwickelten. Wie im Zeitraffer. Zuerst war da gar nichts gewesen. Nur sie, ungeküsst, schüchtern, moppelig, übersehen ... Und jetzt? Jetzt war alles besser, viel besser, so viel stand fest. Sie war mit Josh von den *Erbarmungslosen* aus gewesen, sie hatte Sex mit diesem Maksim gehabt, sie hatte ziemlich abgenommen und letzte Nacht hatte sie mit diesem Armin rumgemacht, oder vielmehr: Er mit ihr. Zumindest nahm sie an, dass es dieser Armin gewesen war, dessen Hände letzte Nacht immer wieder mal über ihren Körper gewandert waren.

Und hatte er nicht irgendwann Schöne! zu ihr gesagt? Warm in ihr Ohr hinein? Und Kaja war so dreist gewesen, ihm zu stecken, dass sie, Lela, früher ein total schüchternes Mäuschen gewesen war.

„Sie fand sich voll hässlich, was, Lela? So war es doch, oder?"

Ingalill hatte die ganze Zeit Fotos mit ihrem Smartphone von allen geschossen, und Armin hatte sie, das war noch später gewesen, an sich gedrückt. Schöne!, hatte er wieder gesagt. Ja, Lela war sich ganz sicher, dass es so gewesen war.

Jetzt küsste Kaja Lela auf die Wange.

„Hallo? Aufwachen, Tagträumerin! – Wie ist es, sehen wir uns morgen? In alter Frische?"

Lela nickte und schüttelte ihre Müdigkeit ab. „Ja. Klar. Bis morgen."

Ich dachte, ich lache. Aber im selben Moment merkte ich, dass ich weinte ...
(Lela von Puldorf)

19

Lisa

Meine Mutter hatte seit Neuestem einen Freund. Oha. Dann doch. Einen grau gelockten Therapeuten aus Luxemburg, der sich ebenfalls der Eherettung verschrieben hatte. Sie war sehr aufgekratzt, seit es ihn gab, und noch mehr als üblich unterwegs.

Außerdem war meine tschechische Oma gestorben und mein Vater, Merle und ich mit Merles dickem Bauch im Gepäck zur Beerdigung nach Berlin gefahren.

* * *

Zurück zu Hause versuchte ich ein paar Mal, mit Lela zu sprechen, aber irgendwie kam ich nicht so richtig an sie ran.

„Lela, meine Oma ist – gestorben."

Ich war bei ihr vorbeigegangen, aber sie wirkte nicht wirklich begeistert, mich zu sehen.

„Hab's gehört, ja. Ist natürlich traurig, aber letztendlich bestimmt besser für sie."

Ich nickte langsam. Ich hatte ein Unwort benutzt, aber Lela schien es nicht mal zu registrieren.

„Lisa, sorry, aber ich muss los. Ich treff mich gleich mit Ingalill und so ..."

Lela fuhr sich mit einem Erdbeerlabello über die Lippen.

In der letzten Zeit nannte sie mich kaum noch Lisbeth – wer hätte je gedacht, dass ich das mal vermissen würde?

„Machen wir mal wieder was zusammen?" Oh mein Gott, wie kläglich ich war.

Lela umarmte mich rasch. „Klar, ein andermal, ja? Keine Ahnung, aber ich hab total viel um die Ohren gerade."

Sie war dünner geworden und fühlte sich merkwürdig fremd an.

Ein paar Tage später traf ich Erik in der Stadt.

„Hey, Erik", hatte ich gerufen und ihm auf die Schulter getippt. Komisch, dass ich mich so freute, ihn zu sehen.

„Oh, Lisa", sagte Erik, drehte sich um und blieb stehen. Wir redeten so dies und das, dann kamen wir auf Lela zu sprechen.

„El Punkt ...", sagte Erik und zog bedeutungsvoll eine Augenbraue nach oben.

„Sie meint das mit *E Punkt* und *Ha Punkt* nicht so", sagte ich schnell. „Sie ... sie ist einfach nur schlecht drauf ... Wegen, wegen, tausend Sachen. Und, und Henri kann einen ja echt nerven, oder?"

„Ich weiß", antwortete Erik und seufzte. „Ich weiß das alles, und bis zu einem gewissen Grad verstehe ich sie. Aber was sie in letzter Zeit abzieht, ist echt zu viel."

Ich sah ihn verwirrt an.

Erik schnalzte mit der Zunge. „Hat sie dir denn nix erzählt?"

Ich schüttelte den Kopf und fügte rasch ein „Nein" hinzu.

„Dann frag sie am besten mal selbst ..."

Erik tastete nach seiner Uhr. „Du, ich muss weiter", sagte er und lächelte mir vage zu. Um den Hals trug er seit Neuestem ein Kettchen mit einem Namen dran, *Jette,* seine blinde Freundin. Komisch, wie sich alles veränderte. Das Leben war eben doch kein langer, ruhiger Fluss, wie meine tote Großmutter immer behauptet hatte.

Aber ich brauchte gar nicht lange auf eine Gelegenheit warten, um Lela zu fragen, was bei ihr zu Hause gerade so abging, denn noch am gleichen Abend summte mein Handy.

Ich schaute auf das Display. *Lela at Home* leuchtete mir entgegen. Ich lächelte. Es war eine Ewigkeit her, dass Lela mich mal angerufen hatte. In der letzten Zeit schickte sie mir, wenn ich Glück hatte, eine WhatsApp-Nachricht. Meistens nicht mal das.

Hakan und Vojtech waren da und guckten nebeneinander auf meinem Bett liegend illegal via PC *Stirb langsam* Teil irgendwas. Vojtechs Bruder war wieder zurück aus Kasachstan und wartete jetzt hier auf seinen Prozess und einen Therapieplatz. Aber im Grunde war er schon wieder so gut wie verschwunden.

„Lela?“, rief ich jetzt erfreut. Hakan schaute hoch. Aber es war nicht Lela, es war, ich zuckte fast ein bisschen zusammen, ihre Mutter und ihre Stimme klang furchtbar.

„... ach, und ich dachte, sie hätte sich mal wieder bei dir verkrochen“, sagte sie tonlos statt einer Begrüßung, aber dann hörte ich, dass sie weinte.

„Nein“, sagte ich vorsichtig und hatte plötzlich Herzklopfen. Was war nur los? Ich musste an Eriks Worte in der Stadt denken.

„Ist was passiert?“, fügte ich hinzu.

„Passiert?“

Lelas Mutter entfuhr ein Ton, der wie hysterisches Weinen und böses Lachen gleichzeitig klang. Dann war sie kurz ruhig und weinte nur noch. Ihre Schluchzer klangen furchtbar.

„Was ist?“, flüsterte Hakan.

Ich zuckte mit den Schultern. Da stoppte Hakan mit gerunzelter Stirn den Film, robbte an meine Seite und presste sein Ohr neben meins an mein Handy.

„Sie, sie ist – verrückt geworden. Lisa, sie, sie ist durchgedreht. Anders kann man es nicht nennen. Oh, mein Gott. Was tue ich nur?“

„Ich hasse diese Frau! Und diesen gestörten Hochbegabten! Und den hölzernen Scheißtyp, diesen Heuchler, der mein Erzeuger ist! Wenn sie nicht aufpassen, schlage ich alles kaputt!"
(Lela von Puldorf)

20

Lela

Ausgerechnet Henri. Ausgerechnet Henri von Puldorf, der Gestörte, ließ sie nicht mehr in Ruhe. Nicht nur, dass er Andromedanebel ins Wohnzimmer klebte, nicht nur, dass er eine unverdient gut aussehende Freundin hatte, nicht nur, dass er, wie es schien, recht intim mit ihr verkehrte und sie ins Familienleben einschleuste, dass einem schlecht davon wurde, nicht nur, dass er die besten Noten seines Jahrgangs schrieb, obwohl er zwei Klassen übersprungen hatte, nicht nur, dass er Lela die Luft zum Atmen nahm durch seine überhebliche Gegenwart. Nein, er hatte auch noch den Nerv, ihr einen lächerlichen, blödsinnigen Artikel an den Monitor ihres Laptops zu kleben, als sie für ein paar Minuten im Bad war. Was wagte er sich überhaupt in ihr Zimmer?

Wer war er denn bitte schön? Er, der bis zu seinem dreizehnten Lebensjahr öffentlich an seinem Teil herumgefummelt hatte, er, der klein, schwächlich und miesepetrig war, er, der bis vor einem Jahr noch mit *Benjamin-Blümchen-CDs* eingeschlafen war, weil er sich sonst *fürchtete*, er, der Zeit seines Lebens zu irgendeiner Therapie ging, er, der zwar ein Mathegenie war, aber ansonsten von Tuten und Blasen keine Ahnung hatte?

Ausgerechnet *er* hatte Lela einen Artikel über die Nebenwirkungen von Crystal Meth ausgedruckt.

WAHRE SCHÖNHEIT KOMMT VON INNEN. ODER VON CRYSTAL METH. „SAUBER" DRAUF!

Blablabla.

Lela kniff die Augen zusammen und überflog den Ausdruck. Henri hatte sich echt Mühe gegeben. Wie es aussah, hatte er Teile aus mehreren, unterschiedlichen Artikeln und Foren zusammengepackt und so eine Art eigenen Artikel verfasst. Mit gelbem Marker hatte er zum Schluss LIES DAS MAL! quer über das Blatt geschmiert. Ging's noch? Hatte der Arsch einen Knall, oder was? Die Seite endete mit einem Satz in dicken Lettern, die Henri, wie es aussah, ebenfalls handschriftlich verfasst hatte.

Rückfälligkeitsquote bei Crystal-Meth-Abhängigkeit: 90%!

Aha.

Was sollte das?

Was. – Sollte. – Das. – Zum. – Teufel?

Was nahm dieser Idiot sich eigentlich heraus?

Lela runzelte die Stirn. Das alles hatte sie nur Henris blöder Freundin Larissa zu verdanken, die diesen Jul kannte, der wiederum Jella kannte. Warum konnte Jella eigentlich ihren Mund nicht halten?

In dem Moment klopfte es leise an ihre Tür.

Hallo? – Ihre schräge Mutter war nicht da. Und Erik war noch in seiner heiß geliebten Kletterhalle. Und ihr Vater? Der trieb es wahrscheinlich gerade mit irgendeiner Tussi aus seiner Bank. Anders ließ es sich ja wohl kaum erklären, dass er praktisch nie mehr zu Hause war. Tagsüber nicht, abends nicht, an den Wochenenden nicht. Höchstens, dass er sich hin und wieder wochentags mal lange nach Mitternacht zurück ins Haus schlich und dann im Gästezimmer kampierte. „Um eure Mutter nicht mit meinem Schnarchen zu stören", wie er es Schwamm Henri, der tatsächlich nachgefragt hatte, erst letzte Woche hastig erklärt hatte.

Hahaha. Das glaube, wer wolle. Lela jedenfalls glaubte es nicht.

Einmal hatten sie und Lisa nachts von Lelas Fenster aus beobachtet, wie weit nach Mitternacht nach und nach die Familienväter in ihren teuren BMWs und Co. in die Straße rollten.

„Da kommen sie nach Hause, die Fremdgeher“, hatte Lisa gesagt.

Wieder klopfte es leise. Das konnte ja, wenn man eins und eins zusammenzählte, nur einer sein.

„Verpiss dich, *Ha Punkt*!“, zischte Lela und schmiss ihren Stiefel gegen die Tür. Warum gab es in der Festung der Einsamkeit eigentlich keine Zimmerschlüssel?

„Hast du mein Schreiben gelesen, Lela?“

Henris Stimme klang dünn und selbstgerecht zur gleichen Zeit. Jedenfalls kam es Lela so vor.

„Zieh Leine und mach was Kluges. Darin bist du doch Meister!“, sagte sie statt einer Antwort.

Er hatte tatsächlich den Nerv, trotzdem die Tür zu öffnen. Einen Spaltbreit wenigstens.

„Henri, ich warne dich ...“

Er sah sie einen Moment mit zusammengekniffenen Augen an. Seit einer Weile trug er Kontaktlinsen. *Und* seine Brille. Aber wenigstens hatte er dadurch nicht mehr diese dicken, gläsernen Baukästen vor Augen, was immerhin eine optische Verbesserung war.

„Ich glaube, du bist eher die, die eine Warnung braucht, oder?“

„Ist gut, Klugscheißer.“

„Im Grunde könnte es mir ja egal sein, was du machst ...“

Lela nickte.

„Ein wahres Wort“, murmelte sie und starrte so intensiv auf ihren PC-Monitor, dass ihre Augen brannten, was sie in der letzten Zeit aber sowieso dauernd taten.

„... ist es aber nicht. Keine Ahnung, warum. Du, du spinnst doch, Lela, echt. Du kannst doch nicht ...“

Lela fuhr herum.

Da stand er, in seinen grauen Chuck Taylors, seiner teuren, verwaschenen Jeans, seinem Hollisterhemd über seiner schmächtigen Brust, und betrachtete sie abschätzend.

Das dürre Baby, das beinahe gestorben wäre ... Und das nicht nur einmal ... Der kleine Jammerlappen, der seit fünfzehn Jahren nichts als Ärger machte, der alle Aufmerksamkeit auf sich zog, der immer Frau von Puldorfs Darling gewesen war ... Der Schwamm, der die Familie fest im Griff hatte, der alles entschied, über dessen jeden, einzelnen Pups sich hier jeder Einzelne frenetisch freute ... Der Überflieger, der nächstes Jahr ein vorgezogenes Glanzabitur hinlegen würde, nur um wieder bejubelt zu werden ...

„H... Henri, hau ab, okay?"

„Lela, ich weiß es, wie gesagt, aus erster Hand. Du nimmst Drogen."

Verdammt. Was sollte das denn? Wie melodramatisch das klang. Sie tat schließlich nur, was Tausende andere auch gelegentlich taten. Was, zur Hölle, war so schlimm daran?

Erst letzte Woche hatte sie im Wohnzimmer einen seiner bescheuerten Sterne von der Wand gekratzt und dabei, als er es verhindern wollte, dieses blöde, antike Eckregal aus den Angeln gehoben. Oh, mein Gott, wie ihre Mutter deshalb ausgerastet war. Und diese Larissa hatte sich auch noch eingemischt, um zu *deeskalieren,* wie sie es hinterher nannte. Was konnte sie dafür, dass Larissa zwar ein geistiger Überflieger, aber so schwach auf den Beinen war? Ihre Schuld war es jedenfalls nicht, dass Henris Freundin sich am Türrahmen die Nase angeschlagen hatte. Und davon gleich dermaßen Nasenbluten bekommen hatte. Oh Hölle, echt.

„Lela? Ich habe nachgedacht", sagte Henri jetzt, der wie festgewachsen in der Türspalte stand, um sie zu peinigen, wie er es schon sein Leben lang tat.

„Das tust du doch immer, Mister Einstein", murmelte Lela und biss die Zähne zusammen, um nicht durchzudrehen. Jetzt ein bisschen *Ice,* zusammen mit Ingalill und Kaja, das wär's.

Spaß haben. Den Mist hier abschütteln. Rausgehen. Leute treffen. Tanzen. In diesem Monat würde es einen blauen Mond geben, einen *Blue Moon*, und in dieser Nacht würde sie Hakan, das hatte sie sich geschworen, alles sagen. Dass sie ihn liebte. Ihn brauchte. Sich nach ihm sehnte. Sie würde ihm auch endlich vom Land Außerhalb erzählen. Was war schon dabei?

Es war eben nur ... die alte Angst ... die Erinnerung an damals. Und dass etwas von Aurel geblieben war. In ihr. Irgendwo tief in ihr. Immer wieder dieses Gefühl von jemandem, der im Raum war. Es fühlte sich so furchtbar an.

Es war, als öffne er immer wieder eine Tür und sie, Lela, kriege sie nicht mehr zu. Dabei musste sie diese Tür schließen. Endgültig.

„Lela? Verdammt! Hör mit diesem Zeug wieder auf, okay? Oder, oder kannst du das schon gar nicht mehr?"

Sie hatte sich zum zweiten Mal langsam umgedreht und sah ihn an.

Ihn.

Oder war er – Aurel? An diesem Nachmittag? Wintertag? Komisch, dass sein Gesicht in ihrer Erinnerung verwischt, undeutlich geworden war.

Warum hatten sie nur nie die Wahrheit gesagt? Vielleicht wäre dann alles nicht – so schlimm gekommen.

Jetzt *Ice.* Oh Hölle. Jetzt *Ice.*

„Ich, ich habe mir überlegt, ich werde es Ende der Woche den Eltern sagen, wenn du bis dahin nicht, nicht irgendwas anders machst, Lela. – Hörst du? Sorry, das klingt fies, aber ..."

Plötzlich war es ganz still. Nur Atmen war zu hören, stoßweises Atmen. Hier wie dort. Gleichzeitig spürte Lela, wie in ihrem Hinterkopf ein unheimliches Gefühl von Taubheit aufzog. Als Nächstes schossen Blitze durch ihren Körper und ein Schrei drang aus ihrer Kehle. Dabei überschlug sich ihre Stimme.

„Du Arsch! Du Megaarsch! Du bescheuertes Pseudogenie!"

Sie war aufgesprungen. „Verschwinde! Verschone mich mit deinem Gelaber! Nerv woanders! HAU AB!“

Sie flog geradezu gegen ihre Zimmertür, die nach hinten knallte und an die Flurwand krachte. Henri? War schmächtig, dünnbrüstig, schwach. Er stürzte wie ein gefällter Baum, flog nach hinten wie vor ihm die Tür.

„Lela! He! Spinnst du? Verdammt ...“

Henri hob schützend einen Arm vor sein Gesicht, während Lela über ihm kauerte und zuschlug.

„Maul halten! Maul halten! *Maul halten! Hörst du?*“

Sie schlug, dass ihre Handflächen und Fingerknöchel wehtaten.

„Das! Hätte! Ich! Längst! Mal! Machen! Sollen!“

Sie lachte auf und lachte weiter, und merkte dann plötzlich, dass sie in Wirklichkeit weinte.

„Immer Du! Du! Du! – Ich bin immer, immer, immer nur die dicke, dumme Kuh, die hier FÜR ALLES den Kopf hinhalten muss! – Lela? Die schafft das schon! Los, Lela, mach das! Und das! Und das! Nimm Rücksicht, Rücksicht, Rücksicht auf deine anfälligen Brüder!“

Henri heulte auf und machte sich klein, und versuchte immer noch, mit den Händen sein Gesicht zu schützen.

Was für ein Loser!

„Und jetzt willst du der Fetten und dem Arsch WAS GENAU EIGENTLICH erzählen? Dass ich ein verdammter Junkie bin, oder was?“

Lela war aufgesprungen. „Bitte schön, du Jammerlappen! Mach! Mach dich wieder wichtig! Diesmal um mich zu retten, ja? DASS ICH NICHT LACHE! Wenn hier einer überflüssig ist, dann ja wohl ...“

In diesem Moment kam ihre Mutter mit Erik im Schlepptau zur Tür herein.

„Lela? Henri? Um Himmels willen!“

Alle Farbe wich aus dem Gesicht ihrer schon blassen Mutter.

„Er hat's drauf angelegt", fauchte Lela mit bebender Stimme. Sie war völlig außer Atem. „Er, er ist selbst schuld."

Henri hatte sich bis auf die Knie aufgerappelt. Sein Atem ging stoßweise.

„Henri? Kannst du atmen?"

Seine Mutter kniete sich neben ihn und half ihm auf die Beine.

„Was, was ist denn hier passiert? Um GOTTES WILLEN! Um Gottes willen! Nein! Nein! Nein! LELA! – Wie konntest du ...?"

Lela starrte Henri an. Einen Moment lang war da nur wieder dieses stoßweise Atmen.

„Nichts, nichts, nur ein Missverständnis", sagte Henri schließlich in die Stille hinein. Er atmete schwer ein und aus.

„Lela? Ich begreife nicht. Was hast du nur ...? Was ist denn plötzlich ...?"

Ihre Mutter hatte angstvoll aufgerissene Augen. Lela schlüpfte in ihre Winterjacke. Was sollten diese vielen, bescheuerten, angefangenen Sätze? War ihre Mutter zu blöd, einen einzigen, klaren Satz von sich zu geben?

„Bleib da", murmelte ihre Mutter vage, aber ihrer Stimme war anzuhören, dass sie wusste, dass sie vergeblich darum bat. Und bat sie überhaupt? War es ihr in Wahrheit nicht völlig egal, was Lela tat? Wohin sie ging? Womit sie sich beschäftigte? Natürlich war ihr das egal!

„Eher stürz ich mich von einer Brücke", sagte Lela wütend.

Türenschlagend verließ sie die Festung Einsamkeit Richtung Freiheit.

* * *

Eine Hormonbehandlung.

Ihre Mutter hatte sich tatsächlich mit Hormonen behandeln lassen, um endlich schwanger zu werden – damals vor sechzehn Jahren.

Hast du nicht gewusst, dass aus süßen Kindern mal hässliche, bescheuerte Jugendliche werden?, tippte Lela mit kalten Fingerspitzen in ihr Handy, als sie im Bus saß, der sie in die Innenstadt bringen würde. Sie schickte die Nachricht an *Frau von Puldorf Handy*.

Eine Antwort erwartete sie nicht.

„Ich lach mich tot ...“, hatte Henri mal höhnisch in einem Streit zu ihr gesagt.
„Schön wär’s! Peng! Kaputt!“, schoss ich zurück.
Am Tag drauf starb er fast, weil sein Herz ihm mal wieder einen Streich spielte.
Ich drehte fast durch, weil ich dachte, ich sei schuld.
(Lela von Puldorf)

21

Lisa

„Hakan? Vojtech?“

Wir waren mal wieder zu dritt im Park, Hakan, Vojtech und ich. Was war das nur mit uns? Wir wussten es selbst nicht, nehme ich an. Wir waren ein bisschen wie diese Mädchen, die in Wirklichkeit schüchtern und eher uncool sind, es aber dennoch schaffen, auf bescheuerten Facebookfotos cool rüberzukommen. Wer kennt das nicht? Gab es da nicht so ein blödes Sprichwort für? Mehr Schein als Sein. Oder so.

„Ich ... ich erzähl euch was, okay?“

Hakan hob den Kopf. Seine Mutter war seit einer Weile in einer psychiatrischen Klinik. Wahnsinn, wie gut das Hakan tat. Er war irgendwie aufgekratzt und locker seitdem. „Es geht ihr da echt besser als zu Hause“, hatte er mir anvertraut. „Und dauernd kommen sie Verwandte aus Istanbul besuchen. In einem schier endlosen Strom. – Ich habe schätzungsweise tausend Tanten und Onkel, von denen ich früher nicht mal wusste, dass ich sie habe.“ Er hatte gelacht. „Mr McDoof ist, man höre und staune, auch besser drauf als üblich. Einmal hat er sogar Annes Hand gehalten und ihr in gutem, altem Türkisch gesagt, dass sie ihm natürlich mehr bedeutet als seine bescheuerten Frittenbuden."

Hakan lächelte. „Eltern sind bekloppt, keine Frage, aber hin und wieder ..." Er ließ den Satz unbeendet.

„Was erzählen?", fragte er jetzt.

Vojtech lag auf dem Bauch, das Gesicht im kurz gemähten, herbstlichen Gras, und roch daran. „Riecht nach meiner Kindheit in Malícov", hatte er in den Erdboden hineingebrummt. „Roch eure Kindheit auch so?"

Sein Deutsch wurde immer besser, seit er nächtelang mit Hakan über den Sinn des Lebens debattierte. Sein Bruder war schon wieder über alle Berge. „Er wird sterben wie unsere Mutter ...", hatte Vojtech dazu gesagt und seine schwarzen Augen sahen dabei schwärzer aus denn je. „Scheißdrogen."

Hakan hatte ihn umarmt und ich hatte geschluckt: Sie so zu sehen. Irgendwie verbunden. Zärtlich. Freunde eben ... Wir waren ein schwieriger Haufen. Keiner wusste, woran er war.

„Es ist eine ... alte Geschichte", sagte ich leise. „Meine und Lelas Geschichte. Und – Aurels."

„Wer ist Aurel?", fragte Hakan.

Vojtech rollte sich auf den Rücken und setzte sich auf.

„Wir waren Freunde. Lela, Aurel und ich."

Meine Stimme klang leise und gepresst.

Ich schaute zum Himmel hoch, während ich nach Worten suchte. Der Himmel war freundlich hell. Dabei war es Herbst und wir waren die Einzigen weit und breit im Park. Dicke-Jacken-Zeit. Die Wiese war stellenweise voller Laub. Über dem Ententeich schwebten hauchdünne Nebelfetzen. Die Enten waren verschwunden.

„Wir kannten uns schon lange. Aus Kleinkinderzeit. Aurel und ich wohnten nebeneinander. Und Lela ging mit uns in den, nun ja, Kindergarten. Diesen Waldkindergarten. Und dann in die erste Klasse und so."

Hakan sah mich fragend an. Er sah aus, als spüre er, wie ich mich überwand. Vojtech musterte mich ebenfalls. Unter seinen Augen war etwas goldene Restfarbe, wie so oft. Es sah aus, als habe er sich mit goldenem Kajal geschminkt. Ich wollte still sein, es – vergessen, mich stattdessen an ihn kuscheln, mich ... küssen lassen, treiben lassen, nicht mehr U-Bahn mit ihm fahren.

Aber es nützte nichts. Ich musste da endlich durch. Ich musste es loswerden. Erzählen. Sehen, wie sie reagieren würden ... Außerdem war ich mir immer noch nicht sicher, wie Vojtech wirklich zu mir stand. Und wie würde er erst zu mir stehen, wenn ich ... hiermit fertig war?

„Wir waren viel zusammen", fuhr ich leise fort. „Und ja, unsere Kinderzeit roch auch nach Gras. Wir waren dauernd draußen. Draußenkinder, sagte meine Mutter immer."

Ich sah wieder zu Vojtech hinüber. Komisch, wie sehr ich ihn mochte. Ihn und seine beiden Großmütter und seine tiefen, schwarzen Augen. – Vielleicht eignete ich mich einfach nicht für die Liebe. Vielleicht war ich dazu bestimmt, alleine zu bleiben? Vielleicht war ich ja, wie mein Vater, nicht mit meinem inneren Kind in Berührung? Vielleicht litt ich, wie er, an der Unfähigkeit, meine Emotionen zu verbalisieren?

„Jedenfalls", fuhr ich leise fort, „einmal, da waren wir im Wald. Da, wo heute dieses Naturschutzgebiet ist, obwohl wir da alleine natürlich nicht hindurften. Aber wir schlichen uns weg, stückchenweise, etappenweise. Wir spielten dies und das. Indianer und Forscher und Sachensucher, so was eben ..."

* * *

Nein! Nein! Nein!

Ich konnte es nicht.

Die Tauben gurrten und gurrten und starrten uns dabei idiotisch an, während, während ... ACH SCHEISSE!
(Lela von Puldorf)

22

Lela

Warum musste er sie ansprechen? Warum musste sie überhaupt dauernd jemand ansprechen? Warum konnten die Bekloppten dieser Welt sie nicht einfach in Ruhe lassen?

„Lela? He, Lela! Gut, dass ich dich treffe. Sag mal, habt ihr unsere Einladung bekommen?"

Herr Buxtehude saß in seinem Auto und war langsam an den Straßenrand gerollt. Mit einem unangenehmen Summen war seine Fensterscheibe nach unten geglitten und hatte ihn preisgegeben.

Konnte der Mann nicht woanders langfahren, verdammt?

„Was? Keine Ahnung", sagte sie hastig und verschluckte sich bei diesen drei idiotischen Worten an ihrer eigenen Spucke. War das zu fassen? Sie musste richtiggehend husten und um Luft ringen, bis der bescheuerte Hustenreiz endlich wieder nachließ. Sie spürte, wie ihr Gesicht rot anlief. Was für ein Scheiß, was für ein Megascheiß. *Sie wollte mit dem Typen im Auto nichts zu tun haben! Echt nicht!*

„Geht's wieder?"

Er war immer noch da und sah sie an. Freundlich? Nicht freundlich? Traurig? Misstrauisch?

„Hm."

„Und wie ist es mit unserer Einladung? Habt ihr sie bekommen? Werdet ihr dabei sein? Meiner Frau wäre das sehr wichtig."

„Ich weiß es nicht, ehrlich", würgte Lela heraus. Und dann? Dann ging sie schnell weiter und bog in die nächste Querstraße ein, einfach nur, weil Herr Schmidt ihr dorthin nicht folgen konnte, wenn er nicht in Kauf nehmen wollte, verkehrt herum in eine Einbahnstraße einzubiegen. Und das wollte er, wie es schien, dann doch nicht.

Was sollte dieser ganze Einladungsmist?

* * *

Die Nacht verbrachte sie im *Against me.* Zusammen mit den anderen. Das *Against me* war keine Ahnung wo. Lela hatte von diesem Club noch nie gehört. Aber im Grunde war es ihr auch egal, wo sie war. Hauptsache, nicht zu Hause. Hauptsache, sie hatte Spaß. Hauptsache, sie war mit den anderen zusammen.

„Mit Lisa bist du wohl nicht mehr so dicke, oder?", schrie ihr Kaja irgendwann durch den Lärm hindurch ins Ohr. Sie waren auf der Tanzfläche. Lela fühlte sich schwammig, aber wenigstens nicht mehr niedergeschlagen. Hatte sie Herrn Buxtehude tatsächlich getroffen? Oder hatte sie das nur geträumt? *He, Lela?* Und *Suuuuuummmmm*, sein im Licht aufblitzendes Autofenster?

„Sag doch mal, Leli", schrie Kaja.

„Was?"

„Wie das mit Lisa ist, ihr wart doch früher unzertrennlich."

Lela gab keine Antwort. Komisch, irgendwie kam sie in der letzten Zeit anders drauf, wenn sie Ice rauchte.

„Ich fand sie ja schon immer komisch. So riesig. Und überheblich. Irgendwie ein Freak, oder? Und diese großen Hände, die sie hat. Und null Busen. Ist sie lesbisch? Ingalill nennt sie jedenfalls immer *das Lastwagenweib.*"

In Lelas Kopf begann sich alles zu drehen. Was? Was redete Kaja da? Was war mit Lisa? Was sagte Ingalill? Was war mit Lastwagen?

„Und dieser Hakan Öztürk, mit dem sie immer rumzieht? Der ist auch schräg drauf, oder? Sieht zwar ganz gut aus, aber irgendwas stimmt nicht mit dem, finde ich. Voll uncool.“

„Ich ...“, sagte Lela.

„Was? Red mal lauter!“, schrie Kaja lachend und deutete auf ihr Ohr.

„Ich ...“, begann Lela wieder. Scheiße!

Was war das?

Lela begann zu zittern.

„Was ist? – Lela?“

„Ich ...“

„Ja?“

Aber Lela konnte nichts sagen. Sie konnte den Mund nicht öffnen. Verdammt. Verdammt. Verdammt.

Ein Spiegel! Ein Spiegel! Weil das nicht sein kann! Und raus! Raus! Raus! Bevor es womöglich alle sehen.
(Lela von Puldorf)

23

Lisa

Sie war verschwunden. Ihr Handy ... tot. Keine Spur von ihr.

„Sie ist weg", sagte ich am Telefon leise zu Hakan. Der Hörer in meiner Hand zitterte.

„Lela ist *weg*? Was soll das heißen?", stotterte Hakan.

Seine Stimme klang so erschrocken, wie ich mich fühlte.

„Verdammt, Hakan, ihre Mutter war gerade hier, völlig von der Rolle. Lela ist seit – der Sache mit Henri nicht mehr nach Hause gekommen."

„Was für ein Mist. – Ich komme vorbei", war Hakans Antwort.

Meine Mutter war mit ihrem neuen Freund auf einem Workshop in Luxemburg. Ich schickte ihr eine SMS, weil ich sie nicht persönlich erreichte. Wahrscheinlich war sie gerade in einer Projektgruppe. Mein Herz klopfte wie verrückt. Ehe ich es verhindern konnte, schrieb ich ihr alles. Nicht nur, dass Lela weg war, sondern auch alles andere, was mit Lela in der letzten Zeit los war. *Lela...*, tippte ich mit kalten Händen. *Sie nimmt dieses Zeug ... Crystal Meth! Schon eine ganze Weile ... Sie hat sich völlig verändert! Ich komme null an sie ran! Oh, Mama ...*

„Sorry, Lela", flüsterte ich dabei. „Sorry, sorry, sorry."

Ich rufe Marita an!, war die postwendende Antwort meiner Mutter. *Bleib ganz ruhig! Das kriegen wir schon wieder hin! Mama*

Ich weinte. Marita von Puldorf. Und Cosima Amarell. Sie waren mal so was wie Freundinnen gewesen. Damals, als wir alle noch klein waren. Marita von Puldorf, Cosima Amarell – und Ava Schmidt. Mama und Mama und Mama. Von Lela, mir und Aurel.

Als die Sache mit Aurel passierte, hörten sie auf, Freundinnen zu sein. Weil alles zu schlimm gewesen war. Ava Schmidt wollte nicht mehr, egal, wie sehr meine Mutter sich auch bemühte.

Lela und ich hatten nie darüber gesprochen, wie sie an diesem Abend durchgedreht war. Dicke, zähe, undurchdringliche Nebel lagen über dem Augenblick, als Ava Schmidt schrie und schrie und schrie und sich büschelweise die langen, hellen Haare ausriss.

„Warum Aurel? Warum nicht Lela? Oder Lisa? Warum er? Warum er? Warum er?"

Die ausgerissenen Haare wehten durch die Gärten wie Schleier aus Grauen.

Als Lela Aurels Eltern das nächste Mal beim Namen nannte, tausend gefühlte Jahre später, nannte sie sie Herr und Frau Buxtehude. Wie den Ort, zu dem der böse Zauberer Petrosilius Zwackelmann reist, nachdem er dem Räuber Hotzenplotz Seppel für einen Beutel Schnupftabak abgekauft hat.

Keine Ahnung, was genau sie sich dabei gedacht hatte, aber ich war einverstanden. Unsere Nachbarn, denen wir verzweifelt aus dem Weg gingen, waren jetzt die Buxtehudes. Ein Jahr sprach Frau Buxtehude kein Wort. Zu niemandem. Dann verschwand sie für Wochen. Und als sie wiederkam, kaufte sie sich einen kleinen, bissigen Hund, der wie sie immerzu seine Haare verlor.

Wir alle konnten dabei zusehen, wie Frau Buxtehude sich in das verwandelte, was sie heute war.

Ein paar Minuten später rief meine Mutter mich an. Der Workshop musste ohne sie klarkommen. Wir weinten beide vor Sorge und Angst.

Bitte, bitte! Verdammt, ich habe nichts mehr ... Und ich brauche was ... Elton, mach mit mir, was du willst, aber *gib mir was!*
(Lela von Puldorf)

24

Lela

Käfer in ihrem Mund. Eine Million kleine Füße. Käferbeine. Insektenbeine. Vorderbeine, Mittelbeine, Hinterbeine. Dazu kleine, harte Leiber, von den vielen Beinen getragen. Sie versuchten, durch ihre Zähne ins Freie zu gelangen. Sie krochen über ihre Zunge, krabbelten ziellos in ihrer Mundhöhle herum, stießen aneinander, summten, brummten, tasteten mit ihren Fühlern nach Zwischenräumen, drangen durch ihre Schneidezähne, zischten, raschelten.

Wie war das möglich? Wie war das möglich? Wie? Wie? Wie?

Lela floh von der Tanzfläche. Zu den Toiletten. Ein Spiegel! Sie musste sehen, was da vor sich ging. Woher kamen diese Viecher? Hatten am Ende irgendwelche Fliegen unbemerkt Eier in ihrem Mund gelegt? Käfer? Kakerlaken? Waren in ihr junge Insekten ausgeschlüpft?

Lela presste die Hand auf den Mund, obwohl sie sich jede Sekunde übergeben würde.

Toilette! Toilette! Toilette!

Mit einem Würgelaut rempelte sie Leute an und warf sich gegen die Damentoilettentür. Der Spiegel war über und über beschmiert, bemalt, besprüht. Verdammte Scheiße! Lela ließ ihre Stirn schwer dagegen fallen und öffnete gurgelnd den Mund.

Da! Da! Da!

Oder nicht?

Doch.

Tränen vermischten sich mit der Spucke, die ihr aus dem Mund tropfte. Sie stieß auf und ein Schwall Irgendwas spritzte aus ihrem Inneren hervor.

„Kacke, du kotzt ja!", rief eine helle Stimme neben ihr. „Kopf runter, Süße. Ins Waschbecken, nicht an den Spiegel! Oh oh, Sauerei!"

Das Mädchen war einigermaßen nett. Sie gab Lela ein Che Guevara Papiertaschentuch. „Nimm", sagte sie. „Zum Mundabwischen."

Lela starrte mit zusammengekniffenen Augen auf ihren leicht geöffneten Mund. Es kribbelte immer noch auf ihrem Zahnfleisch, zwischen ihren Zähnen, an ihrem trockenen Gaumen, aber es kamen wenigstens keine Insekten heraus. Blödsinn, was sie da gedacht hatte. Sie war einfach durch. Fertig. Erschöpft.

Vorsichtig spülte sie ihren Mund aus. Kleine, grünliche Fetzen, die was auch immer waren, flossen aus ihr ins Waschbecken, an das sie sich klammerte, und blieben dort kleben.

Bewegten sie sich? Ja? Nein?

Lela war sich nicht sicher.

„Gute Besserung", sagte das fremde Mädchen, legte einen zweiten Che Guevara auf den Waschbeckenrand, und ging aus dem Toilettenraum.

Und irgendwann in dieser Nacht lernte Lela Elton kennen.

„Du bist ein heißes Teil", sagte er zu ihr und teilte sein Crystal mit ihr.

„Hey, danke. Ich war echt schrecklich drauf heute", sagte Lela müde und rieb sich das Gesicht. „War ein ganz mieser Tag." Was hatte dieser Josh Blickle von den *Erbarmungslosen* vor Monaten zu ihr gesagt?

„Von außen betrachtet alles easypeasy – aber aus einer anderen Perspektive kann man sehen, wie du dich abstrampelst."

Wie viel seitdem geschehen war.

„Kennst du das *Entertainment in Pink*?", fragte Elton. Lela musste an Maksim denken, der mit ihr geschlafen, der sie *entjungfert* hatte. Sie wurde immer merkwürdig erregt, wenn sie Ice rauchte.

Sie schüttelte den Kopf und ging mit. Elton hatte einen schicken, schwarzen BMW, einen ähnlichen wie ihr Vater. Lela musste lachen, als sie sich auf den Beifahrersitz fallen ließ. Elton grinste ihr zu und schloss die Wagentür hinter ihr. Er war schwarzhaarig und hatte eine breite Nase und Augen wie Matthias Schweighöfer, nur in dunkel. Und das Auto roch neu.

„Süße", sagte Elton, aber ansonsten redete er nicht besonders viel. Er startete den Motor.

Lela musste lachen und lachen, während Elton durch die Nacht fuhr. Irgendwann waren sie auf einer Autobahn.

Lela lachte weiter.

„Köln", sagte Elton. „Das *Entertainment in Pink* ist in Köln. Klasse Laden."

Lela nickte, sie hatte gar nicht zugehört, Worte waren Schall und Rauch, und Elton legte seine rechte Hand auf ihr Bein, dann zwischen ihre Beine, dann in ihren Slip.

* * *

Dem *Entertainment in Pink* folgte das *Gulag* und dann ein schräger Club, der *Jumping Frog* hieß. Dort wimmelte es von Leuten, die drauf waren wie sie beide, und Elton spendierte Lela den ersten Schuss *Ice.*

„Kommt viel geiler als Rauchen", sagte er.

Lela nickte und explodierte in einer Welt aus Licht und Farben. Noch nie war sie so unsagbar froh und glücklich gewesen.

Sie lachte und umarmte Elton und hielt sich an ihm fest. Sie fuhren zu einem weiteren Club, den Elton vorschlug, Lela auf Eltons Knien, während er den BMW steuerte. Der Club nannte sich *Los! Tanzen!*, und Lela, tanzend, verlor jegliches Zeitgefühl.

Sie war kein ungeliebter Drilling mehr.

Sie war nur sie.

Sie.

Sie.

Sie.

Du kannst an so vielen Sachen sterben. An einer Krankheit. Bei einem Autounfall. Wenn du über Klippen fällst. Wenn dein Flugzeug abstürzt. Beim Skifahren. Bei einem Amoklauf. An verdorbenen Austern. Wenn dich einer abknallt. Sogar, wenn du stolperst und blöd fällst – Was soll also das Drama um Crystal Meth?
(Lela von Puldorf)

25

Lisa

Zuerst hatte ich es meiner Mutter gebeichtet. Dann, oh Graus, Lelas Mutter. Und dann erst Hakan.

Meine Mutter umarmte mich und nahm mein Gesicht in ihre Hände, wie früher, als ich noch klein war.

„Verdammt, Lisa", sagte sie und sah mich prüfend an. „Nimm nie mehr so ein Zeug! Versprichst du mir das? Versprichst du mir das ganz fest?"

Ich nickte und schaute zu Jost hinüber, dem neuen Freund meiner Mutter, an den ich mich immer noch nicht gewöhnt hatte. Er lächelte mir zu, seine Augen versanken dabei in einem Gewusel aus Fältchen. „Gefährliches Zeug, Mädchen", sagte er in seinem flämischen Akzent. Er hatte in der vergangenen Nacht zum ersten Mal bei uns übernachtet.

Komisch, dass ich mich deswegen noch einsamer fühlte als sonst.

Meine Mutter umarmte mich.

So wie damals, als das mit Aurel passiert war.

Hätte ich damals nur den Mund aufgemacht.

* * *

„Nein, nein, nein“, flüsterte Lelas Mutter nach meinen widerwillig herausgepressten Sätzen.

„Lela und ich ... In einer DVD gefunden ... Nur mal ausprobiert ... Jaja, Blödsinn natürlich ... Aber Lela ... Hm ...“

Viel mehr hatte ich nicht herausgebracht. Ich fühlte mich völlig ausgelaugt. Lela würde mich hassen, wenn sie erfuhr, dass ich alles gesagt hatte. Wenn! Denn, wo war sie? Wo steckte sie? Wie ging es ihr? Sogar die Polizei suchte inzwischen rund um die Uhr nach ihr. Via Facebook summte ununterbrochen ihre Vermisstenanzeige mit Foto durchs Internet.

Lela, lächelnd, Fotografiergesicht.

Geteilt in Berlin. Geteilt in München. Geteilt in Hamburg. Geteilt in Frankfurt. Geteilt in Köln. Geteilt ... überall. Cuxhaven. Bremen. Heidelberg. Erlangen. Bonn. Wiesbaden. Heilbronn. Bayreuth. Jena. Dresden. Leipzig. Erfurt. Weimar. Hintertupfingen.

Überall Lelas lächelndes Gesicht.

„Wie konnte das passieren?“, wimmerte Frau von Puldorf und schlug die Hände vors Gesicht. Erik und seine Freundin Jette waren auch da. Still saßen sie Hand in Hand unter Henris Andromedanebel auf dem dunklen Sofa, Eriks Augen starr, Jette schaute mitleidig im Zimmer herum. Aus der Küche hörten wir die Queen dem stillen Garten zuwinken. Ihr Arm quietschte monoton. Auch Henri hatte inzwischen geredet. Aber als wir kamen, weigerte er sich, nach unten zu kommen.

„Er ist sehr mitgenommen. Es geht ihm gar nicht gut. Er hatte eine Art Anfall ... Der Notarzt war vergangene Nacht da“, flüsterte Lelas Mutter und sah schlechter aus denn je. Verdammt, wann würde sie endlich mal aufhören, immer nur von Henri zu quatschen? Als ob Erik meine Gedanken gelesen hätte, fuhr er plötzlich auf.

„Scheiße, nun denk doch mal an Lela statt immer nur an Henri!“, brüllte er plötzlich und fegte mit der Hand eine Vase mit Blumen vom Tisch.

Frau von Puldorf zuckte zusammen. Blumenwasser tropfte von ihrer Bluse, ihren Beinen, dem Tisch und rann auf den Parkettboden.

„Erik“, sagte sie erschrocken und sammelte im Sitzen erreichbare Bruchstücke auf. Ihre Hände zitterten so, dass die Scherben in ihren Fingern aneinanderklirrten.

„Nein!“, schrie Erik. „LELA! Nicht ich! Nicht Henri! Um *Lela* geht es hier! Und sonst um nichts! Begreifst du das denn nicht? Mama? Verdammt, Mama!“

Die Scherben klirrten zurück auf den Boden.

Und Erik? Weinte.

* * *

Als ich es Hakan beichtete, packte er mich erschreckend fest am Handgelenk. Ich zuckte zusammen.

„Sag mal, spinnt ihr, Lisa?“

Lisa, nicht Amarell.

„Es war doch, eigentlich, nur einmal“, sagte ich leise und hörte selbst, wie idiotisch und hohl meine Worte klangen.

Hakan starrte mich an. „Ja. – Klar“, sagte er dann plötzlich und ließ mich los. „Es war in dieser Nacht, als du mich angerufen hast. Als ich zu dir gekommen bin. Als wir uns ...“

Ich nickte, und Hakan warf mir den bösesten Blick zu, den er mir je zugeworfen hatte.

„Wir werden sie finden, das schwöre ich dir“, sagte er dann und verließ türenschlagend das Haus. Ich sah ihm von meinem Fenster aus hinterher. Er hatte sein Handy aus der Tasche gezogen und tippte wie wild eine Nummer. Bestimmt rief er jetzt seinen neuen, besten Freund Vojtech an. Und Vojtech würde genauso wütend auf mich sein wie er. Wenn nicht noch wütender. Ich musste an Ondrej denken, der verschwunden war, und der wie ein langsam sterbender Zombie aussah. Und an seine und Vojtechs Mutter. Gestorben an Heroin und anderen Giften.

Oh, Lela.

Warum hatte ich nicht längst jemandem gebeichtet, wie es um sie stand? Ich dachte an Kaja und Ingalill, an Jella und Mia. Zum Teufel, sie nahmen dieses Zeug doch alle. Saubere Studentendroge nannte Irmas Bruder Tibor Crystal Meth. Wie hatte ich ahnen können ...?

Doch, ich hatte es ahnen können, denn ich *kannte* Lela schließlich. Besser als alle anderen.

Ich fühlte mich so elend wie nie mehr seit dem Tag, als Aurel gestorben war.

Stille. Leere. Fühlte sich so Sterben an? Oh Henri. Verdammt.
(Lela von Puldorf)

26

Lela

„Blauer Mond", flüsterte Lela. Elton lag seit Stunden auf ihr.

„Was?"

„In ein paar Tagen ist Blue Moon."

Sie musste an Hakan denken. Hakan, weit, weit weg. Zurückgeblieben in ihrem alten Leben. Sie hatte ihn so lange geliebt, sich nach ihm gesehnt. Aber er hatte es nicht mal gemerkt. Er hatte nie etwas anderes als einen guten Kumpel in ihr gesehen. Nein, sie wollte nicht mehr in dieses alte Leben zurück. Nie mehr.

„Was, zum Teufel, ist Blue Moon?", fragte Elton und küsste ihre Brust. Ob sie sich, wenn sie wieder nüchtern wäre, schämen würde für diese Tage? Für diese endlosen Stunden, in denen sie nichts als Sex im Kopf gehabt hatte? Nacht, Tag, Nacht, Tag ...

Andererseits konnte Lela sich nicht vorstellen, je wieder *nüchtern* zu sein. Wollte es sich nicht vorstellen.

„Ein ... zweiter ... Vollmond ... in ... einem ... Monat", flüsterte sie Elton zu. Helles Tageslicht schien zum Fenster herein, und obwohl jetzt statt Sonne Regentropfen an der Fensterscheibe waren, war der neue Tag in dasselbe Gold getaucht wie der vergangene.

Liebe machen hatte ihre Mutter früher zu Sex gesagt. Damals, als sie ihre Drillinge aufgeklärt hatte.

Lela musste lächeln, als sie daran zurückdachte, und Elton küsste ihr warmes Gesicht mit seinen warmen Lippen.

Seine Wohnung über den Dächern von Köln war jetzt ihre Liebeshöhle. Hier wollte sie immer, immer bleiben. Okay, die Wohnung war nur klein, aber trotzdem.

Elton benutzte kein Kondom. Keine Kondome. Aber das war egal. Alles war egal. Alles. Nur der Moment zählte. Und der Moment würde ewig dauern. Es war Schicksal gewesen, dass sie Elton getroffen hatte, als es ihr am schlechtesten gegangen war. Dieses schreckliche Insektengefühl in ihrem Mund. Zum Glück war es verschwunden, wie es gekommen war. Von einer Sekunde zur anderen.

Jetzt war alles wieder gut. Jetzt war sie eine Sternschnuppe, die durchs Universum schwebte. Und Elton war ihr Komet.

Lela lächelte, was für ein verrückter Vergleich.

„Wie heißt du eigentlich noch mal, süßes Teil?“

„Lela.“

„Ach ja. Leyla.“

* * *

Als sie aufwachte, hatte sie Kopfschmerzen. Wie erschlagen setzte sie sich hin. Sie war alleine, die Matratze neben ihr war leer.

„Elton?“

Ihre Stimme klang unsicher.

„Küche“, rief Elton zurück.

Lela lächelte, obwohl sie fror. Sie wickelte sich die Bettdecke um die Schultern und setzte sich. Eine Welle aus Übelkeit und Brechreiz überkam sie. Sie war nackt und ihre Arme und Beine fühlten sich kalt und klamm an. Sie roch, wie verschwitzt sie war. Ihr Mund war trocken und schmeckte von innen heraus gallebitter. Sie schluckte ein paar Mal.

Schlafen, schlafen, schlafen. Benommen sank sie zurück auf das knubbelige Kissen, auf dem sie eben noch geschlafen hatte. 1. FC Köln stand darauf. Lela versuchte, tief durchzuatmen, damit die Übelkeit nachließ. Sie schloss noch einmal die Augen, aber komisch, sie konnte sie nicht geschlossen halten. Immer wieder klappten sie ganz von alleine auf. Ihre Augenlider flatterten. Verdammt, was war los mit ihr? Warum fühlte sie sich so mies?

„Elton?", rief sie ein zweites Mal.

Aus der Küche drangen Küchengeräusche, fast wie zu Hause in der einsamen Festung, und es roch nach Kaffee.

Mühsam zwang Lela sich auf die Beine und machte ein paar Schritte durch den kleinen Raum. Sie fühlte sich wackelig und lief ein paarmal in Eltons Schlafzimmer auf und ab. Sie stellte sich ans Fenster und sah hinaus.

„Hey", sagte Elton.

Lela fuhr herum.

„Hey ...", sagte sie dann leise.

Er drückte ihr einen Becher Kaffee in die Hand.

Lela spürte eine neue Welle Übelkeit, als das Kaffeearoma aus nächster Nähe in ihre Nase stieg.

„Zucker ist drin, wenn du Milch willst, muss ich dich enttäuschen. Ist alle."

Er grinste ihr zu.

Lela fiel erst jetzt auf, dass sie, bis auf Eltons Bettdecke, immer noch nackt war. Komisch, dass ihr das bis eben nicht wirklich aufgefallen war. Sie fühlte sich, sie wusste auch nicht, hatte sie womöglich Fieber? Sie war so benommen, so weit weg von allem, so zittrig.

„Ich friere", hörte sie sich sagen. Selbst ihre Stimme klang merkwürdig. „Kann ich vielleicht – duschen? Oder baden?"

Elton verzog das Gesicht. „Sorry, der Boiler ist seit ein paar Tagen im Arsch. Geht nur kalt. Nicht so deins, oder?"

Lela gab keine Antwort. Sie hatte am ganzen Körper Gänsehaut und das dringende Bedürfnis, sich zu setzen. Oder noch besser, zu legen. Die Augen, die nicht zugingen, zu schließen.

„Alles okay?"

Elton musterte sie. „Du siehst irgendwie mies aus. Hast du was?

Warum trinkst du deinen Kaffee nicht? Ist Biokaffee – Fairtrade. Meine Mutter hat ihn mir neulich vorbeigebracht. Sie isst und trinkt nur Bio. *Wer Fairtrade-Kaffee trinkt, macht die Welt mit jedem Schluck ein bisschen besser ...*", zitierte er irgendetwas, Lela hatte keine Ahnung was. Ihr Kopf fühlte sich schwer und leer an, und schmerzte immer mehr. Dazu kam ein unangenehmes Schwindelgefühl, bei jeder Bewegung, die sie machte.

Elton grinste schon wieder.

„Hast du ... vielleicht noch was?"

Der Satz kam einfach so aus ihrem Mund. Wo auch immer er herkam. Sie hatte ihn nicht geplant, ganz sicher nicht.

„Was *was*?", fragte Elton.

Lela blickte auf Eltons zerwühltes Bett, auf ihr Spiegelbild im Fenster. Sie sah aus wie ein Gespenst mit verzerrtem Gesicht. Ein weiteres Mal versuchte sie die Augen zu schließen. Wieder öffneten sie sich von selbst, wie unter Zwang.

„Crystal", sagte sie leise.

Zuerst der Einstich, kaum zu spüren, komisch, dabei habe ich mich früher so vor Spritzen gefürchtet. Und dann, dann, DANN –

Der Ennemann hatte uns alle mal angeschrien in einer seiner Unterrichtsstunden: „Benutzt Wörter! Es gibt so unendlich viele davon! Aber ihr sagt immer nur Cool. Geil. Abgefahren. Fett. Benutzt Wörter, Herrgott noch mal!"

Wörter? Für den Moment, als Elton mir zum ersten Mal Ice spritzte?

Es war fantastisch, unglaublich, es machte mich glücklich, froh, frei. Es war, als sei die Welt aus Gold. In Gold getaucht. Es war, wie über eine blühende Frühlingswiese rennen. Es war wie die zarte Berührung eines Schmetterlings. Es war zart. Gut. Heil. Weich.

Ich fühlte mich leicht. Geborgen. Geschützt. Behütet.

Ich wurde fröhlich. Wahnsinnig fröhlich. Lustig. Wahnsinnig lustig. Selbstbewusst. Schön. Gut. Verwegen.

Ich wollte die ganze Welt umarmen. Alles Schlechte war wie weggefegt. Keine Angst. Keine Sorgen. Keine Probleme. Kein – Tod.

Nur Gutes. Nur Gutes. Nur Gutes.

So, Herr Ennemann?

(Lela von Puldorf)

27

Lisa

„Warum findet die Polizei sie nicht?"

„Sie werden sie finden. Ich hab das gegoogelt. Sie finden – fast alle", erwiderte Hakan mit fester Stimme.

„Oder nicht", murmelte Vojtech, der dabei war, sich zu verwandeln. Hakan und ich sahen ihm dabei zu. Mit einem in Gold getauchten Schwamm färbte er sein Gesicht, seine Unterarme, seine Hände, seine Finger und Fingernägel. Umgezogen war er bereits. Auch seine Haarspitzen waren schon besprüht. Ich hatte ihn mal gefragt, warum er diesen Job machte, und nicht irgendetwas Normales.

„Geld und Psyche", war seine achselzuckende Antwort gewesen. Er trat nicht nur beim Mondscheinbazar auf. Vojtech war überall. Tagsüber in der Stadt, abends vor dem Theater, am Kurhaus, in der Altstadt, vor dem großen Kino, am Bahnhof, im Kulturzentrum.

„Hundert Euro pro Stunde. Nicht immer, aber oft. Manchmal mehr. Wo bekomme ich das sonst, hm? Viel Kohle für wenig Arbeit."

Er hatte mir zugelächelt. „Geld."

Dann war er sich mit den Fingern durch die dunklen Haare gefahren, als seien seine Finger ein Kamm. „Und dann, wenn ich aus Gold bin, bin ich nicht *ich*. Dann bin ich ein anderer. Keiner mit einer toten Mutter, die lieber Drogen nahm, als bei ihren Jungs zu sein. Keiner mit einem kranken Bruder, der ein Idiot ist und es ihr nachmacht. Wenn ich aus Gold bin, bin ich *heil*."

Er sah mir in die Augen, hob die Hand und tippte mit dem Zeigefinger ganz leicht gegen meine Schläfe. „Psyche, verstehst du?"

Ich nickte und spürte den Rest des Tages die Stelle, die er mit seinem Finger angetippt hatte.

„Tausende müssen ihr Bild gesehen haben", sagte ich jetzt. „Facebook, Fernsehen, Twitter, Flyer. Warum meldet sich keiner? Warum erinnert sich keiner an sie?"

Ich schloss für einen Moment die Augen. Weil sie vielleicht – tot war? Was für eine andere Möglichkeit gab es noch, weshalb sie nirgends gesehen wurde? Höchstens noch die, dass jemand sie irgendwo festhielt?

Ich konnte kaum atmen bei diesen Gedanken.

Vojtech wollte gleich in die Stadt aufbrechen. Es war Wochenende. Cleo und Portobello waren in diesen schrecklichen Tagen beide hier bei mir. Lelas Mutter war zusammengebrochen und schlief jetzt unter starken Beruhigungsmitteln in der Festung Einsamkeit, die in den letzten sieben Tagen, seit Lela verschwunden war, alles andere als einsam war. Ihr Vater ging nicht zur Arbeit und ihre Brüder Erik und Henri samt Freundinnen harrten ebenfalls im Haus aus und warteten auf ein Lebenszeichen von Lela.

Die Polizei war bei Jella, Mia, Kaja, Ingalill und den anderen zu Hause gewesen. Alle waren jetzt sauer, aber keiner hatte eine Ahnung, wo Lela abgeblieben war, keiner hatte gesehen, wie sie das *Against me* verlassen hatte. Und vor allem mit wem.

„Weil sie alle hackedicht waren, verdammt!", schrie meine Mutter und fing an zu weinen. Lelas Vater nahm sie überraschenderweise in den Arm, während Jost, der Freund meiner Mutter, mit Erik, Henri, Jette und Larissa am Tisch saß und leise mit ihnen redete. Henri inhalierte immerzu sein Asthmaspray und atmete stoßweise. Jost drückte ihm beruhigend den Arm.

Alles war aus den Fugen.

Und warum, verdammt noch mal, ging jetzt, was früher nie gegangen war?

Ich stürzte aus dem Raum und übergab mich in eine der drei piekfeinen Puldorftoiletten.

„Ich habe Angst, dass etwas Furchtbares passiert ist", sagte ich jetzt plötzlich zu Hakan und Vojtech, die beide bei mir waren. „Es ist ... wegen Aurel. Damals waren wir zusammen im Wald. Beim Bach. Dort, wo er so tief ist. In dieser Senke. Wir, wir haben gespielt und Blödsinn gemacht, gewetteifert, wer was kann und wer nicht. So eben. Wer kann auf diesen Baum. Und wer kann runterspringen. Wer kann am weitesten hangeln. Wer am schnellsten rennen."

Ich hörte meine eigene Stimme, die fremd in meinen Ohren klang. Was tat ich hier? War ich wirklich dabei, alles zu sagen? Beim Weiterreden brauchte ich mehrere Anläufe.

„... und dann, wer kann an der breiten, tiefen Stelle über, über den Bach springen. Aurel war der Einzige, der sich das traute. Er ... war so sportlich, und er sprang und rutschte ab und fiel. Er stieß sich den Kopf an..."

Ich spürte, wie mir schwindelig wurde. „... sein – Kopf wurde kurz richtig zur Seite geschleudert. Er sah zu uns rüber und rief. Er rutschte ins Wasser ..."

Ich hatte das Gefühl, wieder dort zu sein. Dort. Dort. Dort. Die Luft hatte geflimmert, sie roch nach ... Sommer. Es war warm. Licht flackerte durch Geäst. Mücken. Ein paar Libellen. Und ... Tauben ... Ich hörte meinen Atem. Und dazu ein Rauschen in meinen Ohren.

„... ich, ich ... versuchte, zu ihm zu gelangen, aber ich schaffte es nicht. Lela konnte sich ... irgendwie ... nicht rühren, sie war wie – erstarrt. Sie sagte nur immerzu seinen Namen. Ganz leise, aber immerzu. – Ich schrie, sie solle aufhören und Hilfe holen, aber sie konnte sich nicht rühren, weil Aurel schon ... im Wasser war. Sein Gesicht ging immer wieder unter. Warum kam er nicht hoch? Ich erreichte ihn nicht. Und dann hörte er auf, unsere Namen zu rufen, er rief stattdessen nach seiner Mutter. Und dann ging er unter, einfach so, und um uns herum waren diese Tauben, ein ganzer, dummer Taubenschwarm, die uns anstarrten und angurrten. Sie waren völlig – desinteressiert an dem, was da passierte. Sie gurrten und gurrten, während Aurel, der unser bester Freund war, unterging ... und er war doch erst sieben."

Ich hob den Kopf und merkte erst jetzt, dass mein Gesicht tränenüberströmt war.

„Und dann sind wir einfach weggelaufen. Wir sagten nichts, weil wir wussten, wir waren irgendwie *schuld*, weil wir ihn nicht ... gerettet hatten. Aber es ging alles so schnell, und wir durften doch nicht in den Wald, und Lela hatte die Sache mit dem Über-den-Bach-springen vorgeschlagen. Sie fanden ihn ganz schnell, aber als sie uns fragten, ob wir wüssten, was geschehen war, sagten wir Nein. Wir sagten, wir wären nicht dabei gewesen ... natürlich nicht, denn wir durften ja nicht alleine in den Wald."

Vojtech wollte um zehn in der Stadt sein, aber daraus wurde nichts. Stattdessen umarmten wir uns stumm und pressten zu dritt unsere Gesichter aneinander, und Hakan sagte mit seiner rauen Stimme: „Hey, ihr wart Kinder! Du kannst nichts dafür, Lisa! Es war ein Unfall! Ein verdammter Unfall, für den Lela und du aber nichts konntet!"

Und dann küssten wir uns. Ich Vojtech, er mich, Hakan Vojtech, er ihn, ich Hakan. Alles wurde golden dabei.

Es war wunderschön und schrecklich. Lela war verschwunden, wir fürchteten um ihr Leben, aber dennoch passierte das hier. Und dieses Mal konnte Hakan mich küssen. Mich und Vojtech. Und ich ihn und Vojtech. Wir klammerten uns wie Ertrinkende aneinander.

Was waren wir für ein Haufen Verrückte.

„Lela liebt dich", flüsterte ich irgendwann Hakan zu. Immerhin das.

Hakan sah mich aus seinen schwarzen Augen an. Seine Wangen, seine Stirn und sein Mund waren voller Gold. Er gab keine Antwort.

Kann Schuld vergehen? Ich muss Aurels Mutter die Wahrheit sagen. Ich muss es einfach tun.
(Lela von Puldorf)

28

Lela

Eine Spritze. Zwei Spritzen. Drei Spritzen.

Lela sah Aurel im Land Außerhalb herumtollen. Er war sieben geblieben und er lachte und winkte ihr zu, wie er es früher immer getan hatte. Sommersprossig, lockig, fröhlich, übermütig. Er hüpfte in seiner blau-weiß gestreiften Latzhose auf der Stelle und grinste über das ganze Gesicht. Seine Augen waren wieder froh. Nichts erinnerte an den Moment, als sein Kopf gegen diesen Stein geprallt und zur Seite geflogen war. Nichts an den Moment, als er untergegangen war.

Lela lächelte ihm zu. Und streichelte dabei Eltons Augen, Stirn, Wangen, Nase, Mund.

Hakan, dachte sie. Lieber Hakan.

Ihr Kopf war voller Durcheinander.

Elton war unermüdlich. Dabei war er schon sechsunddreißig, wie er Lela anvertraut hatte, während sie wieder und wieder miteinander schliefen. Es war wild und herrlich, und Lela wollte nie wieder damit aufhören, Elton zu fühlen. Zu Hause hatte sie eine Postkarte, die Lisa ihr einmal geschenkt hatte. Sie pinnte an der Wand neben ihrem Bett. *Wild und gefährlich? Aber immer!* Eltons Arme umschlossen sie fest. Sein Körper bedeckte und schützte ihren. Seine Wärme taute sie auf. Sie schloss die Augen und stellte sich vor, er sei Hakan.

Wäre da nicht immer wieder dieses – Nichtgefühl gewesen, wenn der Rausch des Moments verging. Diese Leere, in die sie jedes Mal fiel. Dieses – leere Nichts. Woher kam diese Leere? Warum hatten andere das nicht? Was war falsch an ihr?

„Noch mal, Elton, okay?"

„Ich habe nichts mehr, du Verrückte."

„Oh. – Kannst du nicht was besorgen?"

„Hey, Miss Unermüdlich, das Zeug kostet Geld. Ich muss mal wieder was schaffen. Oder glaubst du, Essen, Trinken, Miete und Co. gibt's hier umsonst?"

Er machte eine weit ausholende Geste, die seine ganze Wohnung einschloss.

„Was arbeitest du?"

„IT-Kram, todlangweilig. Aber heute muss ich hin, sonst bin ich den Job los, Süße."

„Wann kommst du wieder?"

„Heute Abend, kann aber spät werden."

Er sah so scheiße aus wie sie. Sie hatten dieselben dunklen Schatten unter den Augen, waren beide blass und ausgelaugt. Der Kühlschrank war leer, und die Döner von der Dönerbude gegenüber hingen ihnen zum Hals raus. Überhaupt war sie in einer Mistverfassung. Tagelang hatten sie praktisch nichts gegessen, hatten vergessen, dass es so etwas wie Essen überhaupt gab. Dann plötzlich hatten sie Hunger bekommen, von einer Sekunde zur nächsten, und wie verrückt diese Döner in sich gestopft. Dabei schmeckten die Dinger grässlich. Lelas Mund fühlte sich pelzig und trocken an und sie konnte nicht vernünftig schmecken. Dennoch stopfte sie sich die dreieckigen Knoblauchsandwichs in den Mund, hatte aber das Gefühl, auf Pappe herumzukauen. Dann war dieser peinliche Durchfall gekommen und Lela hatte sich immer wieder für Stunden im Bad verbarrikadiert. Sie hatte das Gefühl, sich aufzulösen, und ihr Bauch schmerzte, dass sie am liebsten geschrien hätte. Irgendwann war sie völlig leer und spürte, wie schlechte Laune sich ausbreitete, während Elton in eine Jeans und ein Hemd schlüpfte. Und als er zwischendurch sein Laptop einschaltete, sah er fast sofort ein getwittertes Bild von ihr.

„Ach, du heilige Scheiße", sagte er und drehte sich zu Lela um. „Du bist noch keine achtzehn?"

„Da war nichts mehr. Nur Wut, wahnsinnige Wut."
(Lela von Puldorf)

29

Lisa

Ich hielt Vojtechs Hand und er sah aus, als würde er nie wieder *Der Goldene* sein. So jung und elend hatte ich ihn noch nie gesehen.

„Es ist doch gut, dass sie ihn – endlich gefunden haben."

„Aber er ist halb tot", flüsterte Vojtech. Wir saßen in meinem Zimmer und Vojtech war weiß wie die Wand.

„Aber in der Klinik haben sie gesagt, dass er nicht sterben wird ..."

Sie hatten Ondrej in Rotterdam auf einer Toilette in einem Kaufhaus gefunden, voller Drogen und mit aufgeschnittenen Pulsadern.

„Diesmal ja, aber was ist nächste Woche? Nächsten Monat?"

Vojtech unterdrückte ein Schluchzen und lehnte seine Stirn gegen meine Schulter.

Von Lela gab es immer noch keine Spur.

Mit meinem Daumen fuhr ich leicht über Vojtechs kalte Handfläche und die Finger hoch.

In diesem Moment schaute meine Mutter zur Tür herein, die, wie es aussah, nie mehr verreisen wollte. Seit Lela verschwunden war und meiner Crystal-Meth-Beichte blieb sie jedenfalls beharrlich zu Hause.

Sogar Jakub und Merle kamen vorbei, und meine Eltern schafften es, sich nicht anzuschreien, während Jost Tee kochte und nett zu allen war. „Ihr Lieben", sagte meine Mutter jetzt und streichelte für einen Moment Vojtechs dünnen Rücken. „Kommt runter, ich habe was gekocht."

…
(Lela von Puldorf)

30

Lela

„Was heißt das, *ich soll gehen*?"

„Verdammt, die suchen nach dir!"

Elton fuhr herum. „Ich kann eine Menge Ärger bekommen, kapiert? Warum hast du mir nicht gesagt, dass du minderjährig bist? Dann hätte ich von Anfang an die Finger von dir gelassen!"

Sie starrte ihn an. „Was soll das, Elton? Ich dachte, du – du liebst mich?"

Er zog eine Augenbraue hoch. „*Lieben*? Wie bitte? Wir hatten Sex und Spaß und so, aber das hat doch mit Liebe nichts zu tun. Was hast du denn für abgefahrene Kleinmädchenfantasien?"

Lela war schwindelig, ihr Kopf tat schon wieder weh, und sie hatte immer dieses Schummrige hinter den Augen. Eine Art Grauschleier, sie sah schlecht. Und sie fühlte sich zum Kotzen.

„Elton? Bitte. Gib mir was, okay?"

„Du hattest genug."

„Was soll das denn jetzt? Du bist nicht mein Vater. Du kannst mir nichts verbieten!"

„Nein, stimmt, ich bin *gar nichts* für dich. Und darum noch einmal zum Mitschreiben – du musst weg hier, verstanden?"

„Bitte, Elton!"

„Nein!"

„Danach gehe ich auch", flüsterte Lela.

„Ich habe nichts da. Hör auf zu betteln."

„Das stimmt nicht! Das glaube ich dir nicht! Bitte, Elton!“

Lela hatte einen metallischen Geschmack im Mund. Würde sie sich übergeben? Voller Panik drehte sie sich um, stürzte ins Bad und klammerte sich dort an den Rand des Waschbeckens. Ihr Kopf wackelte hin und her, und sie würgte ein paarmal, aber es kam nichts. Elton war ihr gefolgt.

„Sei doch vernünftig“, sagte er und seine Stimme hatte eine eigenartige Tonlage. „Du und ich, das geht nicht. Du bist sechzehn, Mädchen! Die zeigen mich an, verdammt! Die stecken mich in den Knast.“

Er packte Lela am Arm. „Los jetzt, anziehen. Das Gelaber bringt doch nichts. Ich fahre dich zum Bahnhof und du fährst brav nach Hause und das war's dann.“

Da war es wieder. Aurel. Im Tropfen des Wasserhahns.

Tropf tropf tropf.

Und im fahlen Licht, das durch das kleine Badezimmerfenster drang.

Schhhhhh, Aurel.

Auch in den grauen Kacheln war er. Und in den Fugen zwischen den Kacheln.

Aurel. Aurel. Aurel.

Lela sackte in sich zusammen und fiel auf die Knie.

„Elton, bitte. Mach mit mir, was du willst, aber gib mir was. Ich, ich, ich drehe durch.“

Elton stand vor ihr. Sie spürte Tränen in ihrem Gesicht und hangelte sich nach oben und zog an Eltons Beinen. „Schlaf mit mir. Nimm mich. Du darfst alles mit mir machen. Egal was. Nur gib mir was. Ja? Ja? Ja?“

„Diese Gier. Dieses Elend. Dieses schreckliche Gefühl von Leere."
(Lela von Puldorf)

31

Lisa

Wir waren im Krankenhaus. Sie hatten Ondrej aus Rotterdam hergebracht. Vojtechs Großmütter Tereza und Anezka waren da. Und Vojtech und ich. Ondrej sah aus wie ein Kind. Komisch, auf den Handybildern hatte er immer eher wie ein alter, faltiger Mann ausgesehen, aber in echt war er nur ein wahnsinnig dünner, trauriger Junge.

„Ich hasse dich, Arschloch", sagte Vojtech und streichelte Ondrejs Hand. Tränen tropften aus seinen Augen.

„So was sagt man nicht", sagte eine seiner Großmütter streng auf Deutsch. Sie weinte ebenfalls.

„Warum wolltest du dich umbringen, Idiot?"

Vojtech ließ seinen Bruder los und Ondrejs Hand zuckte sekundenlang. Dann erschlaffte sie.

„Schwachkopf. Mistkerl. Elender Junkie."

Ondrej gab keine Antwort. Er sah schwerkrank aus und war ungefähr so starr wie Vojtech, wenn er golden war. Sein Gesicht war eine unbewegliche Maske, seine Augen geschlossen, sein Mund ein harter Strich.

In diesem Moment klingelte mein Handy.

„Hakan", flüsterte ich, nachdem ich einen Blick auf das Display geworfen hatte, und ging eilig nach draußen.

„Sie haben sie gefunden. Köln", war alles, was Hakan sagte.

Der Himmel über meinem Kopf presste mich zu Boden und hielt mich dort fest. Ich hatte nicht gewusst, dass der Himmel ein Feind sein konnte.
(Lela von Puldorf)

32

Lela

Bevor das Wasser aus Eltons Badezimmerwasserhahn kam, ratterte und pochte es immer erst einen Moment.

„Wasch dir dein Gesicht, zieh dich dann an", sagte er jetzt ungeduldig und drehte den Hahn für sie auf.

Prrrrkkkk, krrrrrks, prrrrkkk.

Der Hahn sprach, wieso hatte Lela das vorher nie verstanden?

Mach alles, was er will, sagte der Hahn. *Besorg's ihm. Tu alles, was ein Mädchen für einen Typen tun kann.*

Was? Was? Was?

Lela hatte das Gefühl, ihr Kopf müsse platzen. Sie spürte laut Blut rauschen, pulsieren, sich im engen Adergewirr ihres Gehirns vorwärtsschieben.

Elton war hinausgegangen. Als er wiederkam, hielt er eine Spritze und ein Tütchen in der Hand. „Ich hatte doch noch was da", sagte er. Er hatte grüne, katzenhafte, zwingende Augen.

„Oh, Elton."

Das Drauffreuen, Draufwarten war fast schon so gut wie der Rausch selbst. Lela spürte, wie sie am ganzen Körper zitterte. „Danke, Elton. Danke. He, das, das vergesse ich dir nie ..."

Da war es wieder. Farben. Glück. Liebe.

Lela atmete Jubel. Ein. Und aus. Ein. Und aus. Sie rieb sich die

Einstichstelle, hörte sich dabei lachen, und streichelte anschließend Eltons Nacken, seine Brust, seinen Bauch. Mit den Fingern versuchte sie, in seine Jeans zu dringen. Sie wusste, was er mochte, was seine besonderen Vorlieben waren. Sie war jetzt, was man *erfahren* nannte.

Aber er ließ sie nicht. Hallo? Warum zierte er sich? Sie lachte erneut. Sie würde ihn schon weichkriegen, keine Frage. Sie liebte es, wenn sein Atem schneller ging, wenn er erregt war, und wenn er ihr so vor Augen führte, dass sie es war, die diese Erregung auslöste. Wer hätte gedacht, dass *sie das konnte?*

„Nein, nichts da", sagte er allerdings, gerade in dem Moment, als es an der Tür klingelte. Elton runzelte die Stirn. „Warte hier. Und zieh dir endlich was an, okay?"

Er ging hinaus und schloss nachdrücklich die Badezimmertür. Lela schaute sich um. Über dem Badewannenrand lag ihre Jeans. An einem Haken an der Tür baumelte ihr Shirt. Elton musste es dort hingehängt haben. Er war schrecklich penibel, was herumliegende Dinge betraf. Aber wo war ihre Unterwäsche abgeblieben? Und warum sollte sie sich eigentlich anziehen? Sie würden doch sowieso gleich ...

Wessen Stimme war das, die da aus dem Flur zu ihr ins Bad drang? Eine Frauenstimme? Etwa eine Freundin? Lela hatte sich seit ihrer Ankunft ein paarmal gefragt, mit wem Elton sich sonst wohl traf, welche anderen Mädchen oder Frauen er kannte. Hastig schlüpfte sie aus Eltons weichem Ascot-Pulli, den sie so gerne trug, und stattdessen in ihre eigenen Sachen. Auf Slip und BH verzichtete sie notgedrungen. Dann stolperte sie aus dem engen Raum.

„Nanu?", sagte die Frauenstimme. Sie gehörte zu einer älteren Frau, die neben Elton stand und sie kritisch von Kopf bis Fuß musterte. Was sie sah, schien ihr nicht zu gefallen.

Elton sah aus, als hätte er auf eine Zitrone gebissen. „Das ist Leyla, eine Praktikantin aus der Firma", sagte er hastig. „Und, Leyla, das ist *meine Mutter.*"

Seine Stimme hatte einen warnenden Ton.

„Warum ist sie bei dir zu Hause, Eberhard?“

Eltons Mutter zog eine Augenbraue nach oben.

Was sollte das hier werden? Und – Eberhard?

Lela spürte ein Kichern in der Brust. Elton hieß Eberhard?

E – ber – hard? Wie abgefahren war das denn?

„Sie, sie – es ging ihr nicht gut. Wir waren ... unterwegs und sie ist irgendwie ... unterzuckert. Was, Leyla? Geht's wieder?“

Er sah sie warnend an. Moment, hatte er etwa gar nichts genommen? Nur sie? Lela schnappte nach Luft und suchte nach Worten.

„Ja ... Ich meine ... Doch ... Ist alles ... okay, wieder okay ...“

Und da packte Elton sie auch schon am Handgelenk. „Ich bring sie dann zurück in die Firma. Komm, Leyla. – Bis dann, Mom.“

Er riss sie förmlich mit sich.

„Keinen Stress jetzt, okay?“, sagte er im Treppenhaus leise mit ganz fremder Stimme.

Bis zu seinem Auto ließ sie sich zerren, dann hatte sie genug.

„Spinnst du? Lass mich los!“

„Nein, denn du wirst jetzt heimfahren, kapiert? Ich bringe dich zum Bahnhof und kauf dir ein Ticket. Und zu Hause kein Wort über das hier alles.“

Er deutete auf das Haus, die Straße, was auch immer.

Da rannte Lela los.

Nach Hause?

Niemals.

Lieber blieb sie für immer auf der Straße.

Aber Moment mal. Was war das? Etwas schlug sie nieder, warf sie zu Boden. Es war, als hätte jemand alle Luft aus ihr gelassen, von einer Sekunde zur nächsten.

Alle Kraft. Alles Leben. Alles.

Über ihr war nichts als der kalte, nasse, graue Himmel, der sie zu Fall gebracht hatte. Der sie mit aller Kraft niederzwang. Sie konnte kaum atmen. Nicht denken. Nicht aufstehen. Sich nicht rühren.

So war das also.

Starb sie jetzt?

Fühlte sich so Sterben an?

So?

So leer? So eisig? So einsam?

Oh, Henri.

…
(Lela von Puldorf)

33

Lisa

„Sie hat alles zerschlagen – ihr ganzes Zimmer", sagte ich zu Vojtech. Gerade hatte Erik mir gesimst.

Lela tobt, hatte er geschrieben. *Sie hat ihr Zimmer von innen verbarrikadiert, mit ihrem Schrank(!), und wirft ihre Sachen gegen die Wand. Zumindest dem Lärm nach zu urteilen!*

Sie war in einem Kölner Vorort gefunden worden. Eine Passantin hatte sie bewusstlos mitten auf einer zum Glück wenig befahrenen Straße entdeckt, und Polizei und Rettungsdienst alarmiert.

Jetzt war sie zurück, aber keiner wusste, wo sie die ganze Zeit gewesen war. Im Krankenhaus hatten sie sie gründlich untersucht.

„Dass sie von dem Zeug tatsächlich so abhängig geworden ist", sagte ich beschämt.

Vojtech legte seinen Arm um mich.

Lela sollte nächste Woche in eine Klinik für suchtkranke Jugendliche kommen. Bis dahin hatte man sie nach Hause entlassen. Lela hatte die ganze Zeit kein Wort gesprochen.

Morgen würden unsere Nachbarn ihre Gedenkfeier für ihren kleinen Sohn Aurel abhalten. Angeblich hatte man Frau Schmidt in der psychiatrischen Kur dazu geraten. *Unvergessen!* stand auf der Einladungskarte, die wir vor Wochen schon bekommen hatten.

Sie hatten Lela in der Klinik neben Drogen auch auf Vergewaltigung untersucht. Weil sie keinen Ton von sich gab. Weil sie so verstört war. Und weil in ihren Augen so viel Kummer lag.

„Sie haben Spuren von Sperma gefunden", hatte Lelas Mutter zu meiner gesagt, als wir Lela besuchen wollten. Das war gestern gewesen. Aus Lelas Zimmer drang kein Ton.

„Sie hat eine Kommode vor die Tür gerückt", erklärte Jette mir leise.

Gestern also die Kommode.

Heute der Schrank. Wie hatte sie das Riesending bloß vom Fleck bekommen?

„Spermaspuren?", wiederholte meine Mutter und zwang sich zu einem winzigen Lächeln, das nicht wirklich gelang. „Das muss ja noch nichts Schlimmes bedeuten ... Vielleicht war sie einfach – die ganze Zeit bei einem ... Freund?"

Lelas Mutter gab darauf keine Antwort. Sie sah aus wie zwanzig Jahre gealtert.

„Ich glaube, ich gehe noch mal zu ihr", sagte ich jetzt und legte für einen Moment mein Gesicht in Vojtechs weiches, lockiges Haar. Ondrej war schon wieder weg – mitten in der Nacht aus dem Krankenhaus entwischt und seitdem spurlos verschwunden.

Hatte man je eine Chance, dass wieder alles gut wurde?

Henri hatte uns einen Bericht gezeigt, dass neunzig Prozent aller Crystal-Meth-Abhängigen rückfällig wurden.

Was?

Warum taten dann alle so, als sei Ice so eine lockere, saubere Sache?

„Gut, gehen wir", sagte Vojtech wie selbstverständlich und schlüpfte in seine Jacke.

Wir machten uns auf den Weg. Bald war Weihnachtszeit, erste Lichterketten hingen schon an ersten Fenstern.

„Vojtech? Darf ich dich – was fragen?"

„Was?"

Ich sah ihn nicht an, während ich weitersprach. „Was magst du eigentlich an mir? Und warum kommst du immer wieder zu mir? Warum ausgerechnet zu mir? Du kennst doch massenweise Leute?"

Was würde er antworten? Ich atmete ganz flach. Dieser Dreierkuss war eine Sache gewesen, aber mehr war seitdem nicht geschehen. Ich war definitiv sehr groß, hatte wenig Busen, war irgendwie knochig und nicht die Schönste. Ich war – einfach ich, also nicht viel. Ich hatte kaum was zu bieten.

Gerade als ich an diesem Punkt war, blieb Vojtech stehen und hielt mich komisch am Ellenbogen fest. Ich stolperte beinahe, dann standen wir dicht voreinander.

Vojtech lächelte, aber nur ganz leicht. Dann öffnete er den Mund und sagte etwas auf Tschechisch. Dabei sah er mich eindringlich an.

Und danach?

Danach küsste er mich. Lange und intensiv.

„Was?“, flüsterte ich hinterher.

„Lern Tschechisch, dann weißt du es“, sagte Vojtech auf Deutsch und schlang seinen Arm um mich.

Wild und gefährlich? Aber immer.
(Lela von Puldorf)

34

Lela

Sie hasste sie.

Alle.

Ihre fette Mutter. Ihren widerlichen Vater. Ihre bescheuerten Brüder mit ihren bescheuerten Freundinnen. Jella. Mia. Kaja. Ingalill. Elton. Lisa. Hakan. – Alle. Einfach alle.

„Ich hasse euch! Hasse euch! Hasse euch!", schrie sie und stürzte ihr Regal um. Bücher flogen durchs Zimmer wie Geschosse. Hinterher feuerte sie ihr Laptop zu Boden, dass es zerbarst. Ihre Kleider, ihren Schmuck, ihre Schulsachen, CDs, DVDs …

Alles, alles, alles war ihr verhasst.

Warum hatte sie kein Ice? Kein Geld? Keine Freiheit? Kein Glück? Keinen Freund? Kein Leben?

Ihre Eltern schoben und drückten an der verbarrikadierten Tür. Ihr Vater stocherte sogar mit seinen Fingern durch den winzigen Türspalt, den sie nicht verhindern konnte. Seine tastenden Finger sahen aus, als wollten sie sie streicheln. Oder die Tür. Wie man es nahm. Weiche, erschrockene Vaterfinger? Da kotzte sie doch drauf! Der Mund ihrer Mutter in besagtem Türspalt wimmerte, sie könnten auch die Polizei rufen, und die Tür aufbrechen lassen.

Erik klopfte. Henri klopfte. Jette und Larissa klopften. Lisa und ihre Mutter klopften.

„LASST MICH!", schrie Lela. „Lasst mich in Ruhe, verstanden?"

* * *

Und dann kam Hakan.

„Lela?"

„Lass mich! Hau ab!"

„LELA?"

Er brüllte.

„Was willst du?"

„Reinkommen!"

„Nein! Hau ab! Du interessierst dich doch gar nicht für mich!"

„Doch, tue ich!"

„Ich bin nicht mehr die alte Lela, verdammt!"

„Ich weiß!"

Er brüllte, wie sie brüllte.

„Ich hatte Sex, Hakan! Massenweise Sex! Ich habe verdammt viele Scheißdrogen genommen! Und ich bin noch lange nicht fertig damit! Mir geht es beschissen! Ich sehe beschissen aus! Und fühle mich beschissen! Mein Kopf ist voller Kotze und Schrott!"

„Ich weiß!"

„Gar nichts weißt du! Ich habe mit massenhaft Typen rumgemacht! Ich habe Sachen gemacht, von denen ich gar nicht wusste, dass es sie gibt! – Und, ekelst du dich jetzt vor mir?"

„Nein."

„Was willst du?"

„Zu dir."

„Warum?"

„Weil ich dich liebe, Lela."

Jetzt schrien sie nicht mehr. Sie saßen diesseits und jenseits der Tür, Hakan am Türrahmen, Lela neben dem Schrank. Lela weinte und zerwühlte ihre Haare.

„Ich dachte, du bist schwul."

„Vielleicht ein bisschen, ja", antwortete Hakan. „Aber im Moment liebe ich dich. Und das schon eine Weile. – Okay?"

Einen Augenblick war es ganz still.

Dann schob Lela den Schrank zur Seite und öffnete die Tür.

„Na?", sagte Hakan und seufzte tief.

Lela sagte nichts. Aber sie setzte sich neben Hakan auf den Boden und lehnte sich leicht an ihn.

„Wird schon", sagte Hakan und nahm Lelas Hand. „Verdammt, bist du dürr geworden ..."

Sie lebte.

Sie war da.

Das Leben war ein großer Mist manchmal.

Aber nicht immer.

Sie versuchte ein Lächeln, aber es kam keins.

„Idiotin", flüsterte Hakan und umarmte sie.

Adressen

Deutschland

Deutscher Kinderschutzbund
Bundesarbeitsgemeinschaft
Kinder- und Jugendtelefon e. V.
Tel. 116 111 oder 0800 1110 333
bundesweit kostenlos;
montags bis samstags 14–20 Uhr
E-Mail: *info@nummergegenkummer.de*
www.nummergegenkummer.de

Schweiz

Kinderschutz Schweiz
Postfach 6949
3001 Bern
Tel. 031 3981 010
E-Mail: *info@kinderschutz.ch*
www.kinderschutz.ch

Österreich

Österreichischer Kinderschutzbund
Verein für gewaltlose Erziehung
Obere Augartenstraße 26–28
1020 Wien
Tel. 0699 8151 38 11
E-Mail: *verein@kinderschutz.at*
www.kinderschutz.at

Jana Frey wurde 1969 in Nordrhein-Westfalen geboren. Schon als Fünfjährige fing Jana Frey mit dem Schreiben an. Unzählige dieser sehr frühen Werke hat sie sich aufgehoben. Und seitdem hat sie geschrieben und geschrieben und geschrieben. Jana Frey schrieb zu Hause in Deutschland, aber auch in Amerika und in Neuseeland, auf der anderen Seite der Weltkugel. Zwischendurch hat sie Literatur, Geschichte und Kunst studiert und eine Familie gegründet. Inzwischen hat die mehrfach ausgezeichnete Autorin zahlreiche Kinder- und Jugendbücher veröffentlicht, die in viele Sprachen übersetzt wurden. Ihr Spektrum reicht von Bilder- und Erstlesebüchern bis hin zu Romanen für ältere LeserInnen. Dass Jana Frey die richtige Verbindung zwischen realem Hintergrund und fiktiver Ausgestaltung in ihren Büchern immer wieder gelingt, beweist nicht zuletzt die Nominierung ihres Jugendbuches *Höhenflug abwärts* für den Deutschen Jugendliteraturpreis.